무림오적 69

초판 1쇄 발행 2024년 8월 28일

지은이 ㅣ 백야
발행인 ㅣ 최원영
편집장 ㅣ 이호준
편집디자인 ㅣ 최은아
영업 ㅣ 김민원 조은걸

펴낸곳 ㅣ ㈜디앤씨미디어
등록 ㅣ 2002년 4월 25일 제20-260호
주소 ㅣ 서울시 구로구 디지털로32길 30 코오롱디지털타워빌란트 1301-1308호
전화 ㅣ 02-333-2513(대표)
팩시밀리 ㅣ 02-333-2514
E-mail ㅣ papy_dnc@dncmedia.co.kr
블로그 ㅣ blog.naver.com/gnpdl7

ISBN 978-89-267-8993-3 04810
ISBN 978-89-267-3458-2 (SET)

※ 저자와 협의하여 인지는 붙이지 않습니다.
※ 이 책은 ㈜디앤씨미디어(파피루스)가 저작권자와의 계약에 따라 발행한 것으로 본사와 저자의 허락 없이는 어떠한 형태나 수단으로도 내용을 이용할 수 없습니다.

1장 무너지는 화평각(和平閣)　7

2장 시대(時代)를 풍미(風味)했던 자들　43

3장 무아지경(無我之境)　67

4장 태극천맹(太極天盟)의 원로(元老)들　103

5장 밝혀지는 비밀들　139

6장 여인(女人)의 복심(腹心)　175

7장 사천전투(四川戰鬪)　199

8장 절호(絕好)의 기회(機會)　233

9장 마음 놓고 취할 날　257

10장 최후의 결전(決戰)　283

1장.
무너지는 화평각(和平閣)

"화평각을 세우는 데 도대체 돈이 얼마나 들었는지 아느냐?
아니, 돈도 돈이지만 우리가 살았던 추억은 이제 또 어떡하냔 말이다!"
강만리는 허공을 향해 울부짖듯 소리치며 마구 주먹을 휘둘렀다.
마치 곰 한 마리가 뒷발로 선 채 요란하게 아우성을 치는 것 같았다.

무너지는 화평각(和平閣)

1. 신위(神威)

화평각 대청 앞마당에는 오찬에 참석하지 못한 이삼십 명의 금의인과 무적가의 이십칠경이 어색한 표정으로 대기하고 있었다.

서로 통성명을 나눌 만한 자리도 아니었고, 그렇다고 무작정 침묵하고 있기에는 어쨌든 같은 오대가문이라는 동맹과도 같은 관계였다.

그러니 유쾌하게 안부를 묻기에도, 그렇다고 남인 양 외면하기에도 마땅치 않은 자리. 차라리 뭔가 소란이라도 일어났으면 좋겠다는 생각이 그들 뇌리에 스며들 때였다.

갑자기 대청 안에서 거친 함성과 고함이 울려 퍼졌다. 동시에 병장기 부딪치는 소리와 비명 소리가 이어졌다.

대기하고 있던 이들의 표정이 급변했다. 그들은 무적가든 천왕가든 상관하지 않은 채 어깨를 나란히 하고 대청 문을 박살 내며 안으로 뛰어들었다.

쾅!

대청의 거대한 문이 그들의 발길질에 우지끈 부러졌다. 대청 안으로 뛰어든 그들은 이내 빠르게 상황을 훑어보고는 그곳에서 난전을 펼치고 있던 동료들에게 합세했다.

금의인들은 강만리와 장예추, 화군악에게 덮쳐 갔으며, 무적가 이십칠경은 위천옥과 허신방을 노리고 일제히 공격을 감행했다. 그들의 손과 검에서 불길이 솟구치며 주변 모든 것을 불태웠다.

비록 화평각 대청이 넓다고는 하지만 백 명 가까운 자들이 이리저리 날뛰며 싸우기에는 아무래도 좁을 수밖에 없었다.

빗나간 검기가 벽을 갈랐고, 아슬아슬하게 스쳐 간 장력이 그대로 벽에 부딪혀 커다란 구멍을 냈다.

허공 높이 솟구친 채 삼신구백을 상대하던 위천옥의 안색이 파리하게 질려 있었다. 꽤 오랫동안 허공에 머무느라 아무래도 너무 많은 진기를 소모한 까닭이었다.

이제 슬슬 지면으로 내려와야 하는데 삼신구백, 거기에 새로 등장한 이십칠경의 합세로 인해 내려설 곳이 없었다. 그런 위천옥의 눈에 들어온, 누군가의 장력에 의해 뻥! 하고 구멍이 뚫린 벽은 상당히 매력적인 탈출구였다.
 "푸하하하! 마음껏 죽이기에는 아무래도 이 대청이 너무 좁구나! 다들 나를 따라오라!"
 위천옥은 광소를 터뜨리며 벽의 구멍을 통해 밖으로 날아갔다.
 "어딜 도망치려 하느냐!"
 제갈천무가 크게 소리치며 그 뒤를 따라 신형을 날렸다. 동료를 잃은 삼신구백 역시 두 눈 가득 살기를 띤 채 제갈천무를 따랐다.
 "네놈들의 상대는 나다!"
 허신방과 심복들이 제갈천무들을 뒤쫓아 구멍을 통과했고, 다시 그 뒤를 이어 이십칠경이 화평각 밖으로 달려나갔다.
 위천옥으로부터 팔이나 다리가 부러진 이들도 가만히 있지 않았다.
 그들은 혁낭(革囊)에서 대못처럼 큰 장침(長針) 서너 개를 꺼내 부러진 다리의 허벅지나 혹은 팔뚝의 혈을 찾아 박았다.
 그렇게 장침을 마비침(痲痺針)과 지혈침(止血針)으로

삼은 다음 이를 악문 채로, 부러져 밖으로 튀어나온 뼈를 살점 안으로 집어넣고 뼈마디를 맞췄다. 그들의 이마에서 식은땀이 폭포처럼 흘러내렸다.

그렇게 응급처치를 한 그들은 곧 의자 다리를 잘라서 부목으로 댄 다음, 상의를 갈기갈기 찢어서 붕대처럼 칭칭 동여맸다.

불과 열을 헤아릴 정도의 짧은 시간 동안 그 모든 과정을 끝낸 그들은 곧 언제 부상을 당했냐는 듯이 자리에서 벌떡 일어나 위천옥이 빠져나간 벽의 구멍 밖으로 달려 나갔다.

그야말로 초인적인 인내와 불굴의 의지가 있었기에 가능한 일이었다.

한편 공적십이마의 세 노인도 그들을 쫓아가려 했다. 어쨌든 그들에게는 위천옥의 안전을 지켜야 할 의무가 있었으니까.

하지만 세 노마의 적은 따로 있었다.

"허허! 어딜 그리 가려 하시오? 밖으로 나가기에는 아직 우리와 승부가 남지 않았소?"

절검 유단초들이 껄껄 웃으며 그들의 등을 공격했다. 아무리 공적십이마라고는 하지만 상대는 어디까지나 철목십삼호로였다. 그들을 무시하면서까지 위천옥을 쫓아가기에는 그 공세가 절대 만만치 않았다.

"쳇!"

혈천노군이 혀를 차며 몸을 돌렸다.

"그리 죽는 게 소원이라면야!"

혈천노군이 짜증스레 소리치며 쌍장을 휘둘렀다. 폭풍처럼 거칠고 강렬한 장력이 우우웅! 소리를 내며 뻗어 나왔다. 동시에 철목십삼호로는 그 장력을 피해 빠르게 사방으로 흩어지려 했다.

바로 그때였다.

"어딜 움직이려 하는 게냐!"

유령신마 갈천노의 입에서 사자후와 같은 일성(一聲)이 터져 나왔다.

강만리들이 익혔던 심등귀진박(心燈鬼陣搏)의 원조이자 한 수 위인, 그야말로 완벽한, 오직 고함 한 번만으로 천하의 모든 움직임을 봉쇄하고 멈추게 만드는 귀유심박(鬼幽心搏)의 일성이었다.

마침 사방으로 흩어지려 했던 철목십삼호로가 한순간 그 외침에 제자리에서 멈칫거렸다. 마치 보이지 않는 쇠사슬에 온몸이 꽁꽁 묶인 듯한 모습이었다.

하지만 그들은 곧바로 최대한 내공을 끌어올려 항거했고, 그들을 옭아맸던 무형의 쇠사슬은 이내 산산조각이 났다. 놀랍게도 귀유심박의 일격은 철목십삼호로의 반의반걸음조차 옭아매지 못하고 깨끗하게 풀리고 말았다.

그러나 혈천노군이나 무상검마와 같은 초절정 고수들에게는 그 반의 반걸음도 안 되는 순간만으로도 충분했다.

혈천노군이 왼발을 크게 내디딘다 싶은 순간, 이내 그의 두 손이 풍차처럼 회전하면서 한꺼번에 백팔 번의 주먹질을 휘둘렀다.

바로 연환칠십이곤격쇄(連環七十二棍擊碎)의 원형(原形)이라 할 수 있는 연환백팔권격쇄(連環百八拳擊碎)가 펼쳐진 것이었다.

동시에 무상검마의 검이 새하얀 빛줄기와 더불어 대청의 모든 공간을 가르고 베었다.

그의 무상마검십삼결(無上魔劍十三訣) 중에서 주변 모든 살아 있는 것들의 생사(生死)를 지배한다고 해서 붙여진 생사여탈(生死與奪)의 일초(一招)가 그 모습을 드러냈다.

그야말로 천하에 적이 없고, 스스로 완벽하며 무한한 권능을 지닌 절대자만이 보여 줄 수 있는 가공할 신위들이 이곳 화평각 대청에서 펼쳐진 것이었다.

일순 철목십삼호로의 안색이 급변했다.

그들은 유령신마의 귀유심박을 해체하자마자 한껏 끌어올린 내공을 호신기공(護身氣功)으로 전환하는 동시에, 검과 칼을 들어 혈천노군과 무상검마가 동시에 펼쳐

낸 공격을 막으려 했다.

하지만 귀유심박으로 얻어 낸 그 반의 반걸음이라는 순간의 틈은 어떻게도 메울 수가 없었다.

"컥!"

"크윽!"

검과 칼이 부러지는 소리와 함께 미처 반응이 느렸던 몇몇 노인들의 입에서 짧은 신음과 비명이 흘러나왔다.

혈천노군의 주먹에 턱이 부서지고, 얼굴이 함몰당한 노인과 무상검마의 검에 의해 심장이 찔리거나 목젖이 관통된 노인의 수는 무려 다섯!

하지만 철목십삼호로는 호락호락하게 당하고만 있지 않았다.

혈천노군의 주먹에서 뿜어나온 장력에 정통으로 맞아서 얼굴 전체가 함몰된 와중에도 노인은 벼락처럼 칼을 휘둘러 혈천노군의 움직임을 봉쇄했다.

또한 무상검마의 검에 의해 목젖이 관통당한 노인 역시 앞으로 고꾸라지는 와중에도 그의 발목을 낚아채려 했다.

노인들의 그런 헌신적인 움직임에 천하의 혈천노군과 무상검마도 한순간 부자연스럽게 보법을 밟아야 했고, 나머지 철목의 호로들은 그 기회를 놓치지 않았다.

"죽어라!"

"모두 죽어라!"

호로들은 분노의 고함을 내지르며 가진 바 모든 전력을 다해 자신들의 성명절기(盛名絕技)를 펼쳤다.

절검 유단초의 검에서 새하얀 빛의 검강(劍罡)이 뻗어나왔다. 멸도 천아방의 칼은 천장과 바닥을 동시에 베었다. 참도 방인규의 칼은 이내 사오 장 주변을 송두리째 파괴했다.

또한 설검(雪劍) 장인화(張寅華)의 검에서 뿜어나온 새하얀 눈발은 이내 세찬 눈보라가 되어 한순간에 장내를 얼어붙게 만들었다. 폭검(爆劍) 와룡운(臥龍雲)의 무지막지한 일격이 대청 바닥을 송두리째 무너뜨렸다.

무상검마와 혈천노군, 유령신마가 절대자의 권능을 지녔다면 호로들 또한 그에 버금가는 무력을 지녔다.

그들이 동시다발적으로 쏟아지고 퍼부은 공격에 화평각이 한순간 한쪽으로 기우는가 싶더니, 이내 요란한 굉음과 함께 엄청난 기세로 함몰하기 시작했다.

콰콰콰콰!

화평각은 흙먼지를 뭉게구름처럼 피어올리며 허물어져 갔다.

그 거대하고 웅장한 삼 층 전각이 그대로 무너지는 데까지는 열을 헤아릴 정도의 시간도 걸리지 않았다. 마치 천근 화약이 한꺼번에 폭발한 듯 흙먼지의 거대한 뭉게

구름이 십수 장 높이까지 치솟아 올랐다.

2. 매교익(梅鮫翼)

 순간 수십 개의 신형이 무너져 내리는 화평각의 지붕을 뚫고 허공 높이 솟구쳐 올랐다. 비록 거대한 삼 층 전각이라고는 하지만 거기에 깔려서 죽을 정도로 나약한 자들은 애당초 그 대청 안에 존재하지 않았다.

 공적십이마의 세 늙은이는 물론 호로들도, 강만리 일행도, 금의인들도 큰 부상 없이 화평각의 지붕을 뚫고 날아올랐다. 그들은 마치 하늘 높이 솟구쳤던 폭죽의 불꽃처럼 사방으로 퍼져 나갔다.

 "제기랄!"

 한껏 솟구쳤다가 내당을 구획하는 경계인 담 위로 내려서며 강만리가 큰소리로 욕을 퍼부었다.

 "화평각을 세우는 데 도대체 돈이 얼마나 들었는지 아느냐? 아니, 돈도 돈이지만 우리가 살았던 추억은 이제 또 어떡하냔 말이다!"

 강만리는 허공을 향해 울부짖듯 소리치며 마구 주먹을 휘둘렀다. 마치 곰 한 마리가 뒷발로 선 채 요란하게 아우성을 치는 것 같았다.

강만리는 분노로 이글거리는 눈빛으로 사방을 쏘아보았다. 보이는 적은 모두 불태워 버릴 것만 같은 시선이었다. 하지만 정작 그 주변으로는 단 한 명의 적도 보이지 않았다.

"쳇!"

강만리는 혀를 차며 발을 굴렀다. 그 발 구름에 그가 딛고 있던 담이 무너져 내렸다. 그리고 훌쩍 솟아오른 강만리의 신형은 무너진 화평각 지붕 너머, 화군악과 장예추가 뛰어내린 곳으로 날아들었다.

지붕을 뚫고 허공 높이 솟구쳤던 화군악과 장예추는 그 허공 높은 곳에서 금의인들이 어느 방향으로 떨어지는지 확인하고는 그 뒤를 쫓아 지면으로 내려섰다.

"많이 줄었네?"

화군악은 표표히 지면으로 내려서며 이죽거렸다.

"한 열 명 정도는 보이지 않는데? 결국 빠져나오지 못하고 깔려 죽은 거야? 겨우 그 정도밖에 되지 않은 거야, 실력들이?"

금의인들의 눈에서 불똥이 튀었다.

하지만 그들은 발작하지 않았다. 그 누구도 함부로 앞으로 튀어 나가지 않았다.

오로지 주인의 명령에 따라 움직이는 맹견(猛犬)들처럼, 자신들을 향해 떨어질 각주(閣主)의 지시만을 기다리며 살기를 끌어올리고 있을 따름이었다.

 이번 출정대(出征隊)를 이끌고 온 금각의 각주는 매교익(梅鮫翼)이라는 인물이었다.

 그는 냉정하기로는 밀막(密幕)의 막주(幕主) 최행(崔行)보다 나으며, 무공으로는 천왕가에서도 열 손가락 안에 꼽히는 절정의 고수였다.

 무엇보다 매교익은 은각(銀閣)의 각주였던 냉면자객(冷面刺客) 매초겸(梅蕉箝)의 부친이었으니, 그 매초겸을 죽인 강만리에 대한 원한은 뼈에 사무칠 법도 했다.

 하지만 매교익은 함부로 움직이지 않았다.

 이곳에 들어와 강만리와 마주했을 때도 그는 여전히 냉정했다. 속이야 타오르는 불길로 다 타들어 가든 어쨌든 간에 겉으로는 계속해서 무심하고 냉정함을 유지했고, 그건 지금도 마찬가지였다.

 열 명 가까운 수하가 모습이 보이지 않았지만, 그것으로 도발하는 화군악이 있었지만 그는 미동도 하지 않았다. 그저 때를 기다리듯 화군악과 장예추를 에워싸고만 있을 뿐이었다.

 그러던 한순간이었다.

 매교익의 냉정한 눈빛에 한 가닥 살기가 맴돌았다. 동시에 무너진 화평각 저편에서 하나의 신형이 유성처럼 빠르게 내려오고 있었다.

강만리였다.

아들을 죽인 자. 무림오적 중 다른 자는 놓치더라도 반드시 그만큼은 죽여야 한다는 명령이 떨어진 인물.

그를 본 순간, 지금껏 평정을 잃지 않던 매교익의 눈매가 처음으로 일그러졌다. 동시에 그의 메마른 입술이 열리며 지엄한 명령이 내려졌다.

"죽여라."

명령을 받은 금의인들이 벼락처럼 움직이며 화군악과 장예추를 덮쳤다.

매교익은 그들은 신경 쓰지 않은 채 무너진 화평각 지붕을 밟고 막 새롭게 도약하여 날아오는 강만리를 향해 마주 쏘아 갔다. 그의 신형이 한 마리 송골매처럼 빠른 속도로 강만리에게 향했다.

강만리는 순식간에 십여 장 거리를 격하고 날아드는 매교익을 향해 쌍장을 휘둘렀다. 일렁이는 금광(金光)과 함께 거친 장력이 매교익에게로 쏟아졌다.

매교익은 날아오르던 기세 그대로 몸을 회전하면서 장력을 피하고는 그대로 일검을 뻗었다.

스팟!

공기를 반으로 가르는 파공성이 이는 순간 매교익의 검기(劍氣)가 이미 강만리의 이마를 찌르고 있었다.

"헉!"

강만리는 생각보다 훨씬 빠른 매교익의 반응에 헛바람을 집어삼켰다. 게다가 강만리에게는 아직 매교익처럼 허공에서 몸을 뒤집거나 방향을 선회하는 수준의 경공술이 없었다.

 강만리는 다급하게 고개만 틀었고, 이마를 찌르던 매교익의 검기는 아슬아슬하게 비껴 그의 어깨를 스치고 사라졌다.

 팍!

 살점이 갈라지고 피가 튀었지만 강만리는 오로지 정면으로 날아드는 매교익만을 노려보며 다시 한번 쌍장을 휘둘렀다.

 마라수타십이박의 절초(絕招)가 매교익의 손목과 어깨, 정수리를 노리고 휘몰아쳐 갔다.

 바로 그때, 매교익은 한순간 허공에 멈췄다. 그 바람에 강만리의 두 손이 매교익의 코앞에서 애꿎은 허공을 훑고 지나갔다.

 매교익은 그 찰나의 틈을 놓치지 않았다. 그의 검이 다시 번뜩이나 싶더니 훨씬 더 빠르고 강렬한 섬광과 함께 강만리를 향해 뻗어 나갔다.

 그야말로 섬전보다 빠른 쾌검이었다.

 "젠장!"

 강만리는 다급하게 소리치며 전력을 다해 쌍장을 내뻗

었다. 매교익의 검기가 강만리의 금빛 장력에 휘감겼다.

콰앙!

일순 굉음이 허공 한복판에서 터져 나왔다.

매교익은 그 충격을 감당하지 못한 채 지면으로 튕겨 나갔다. 그나마 재빨리 세 차례나 공중제비를 돌면서 신형을 추슬러 지면에 안착할 수 있었던 것은 역시 그의 무위가 화후의 경지에 이르렀기 때문에 가능한 일이었다.

강만리는 그 틈을 이용하여 빠르게 지면으로 내려섰다. 그제야 비로소 강만리는 길게 호흡을 내쉴 수가 있었다.

기술과 기술의 싸움에서는 도저히 이길 수 없다고 판단한 강만리는 곧바로 강기(罡氣)와 검기의 정면 승부로 돌아섰고, 그 결과 강만리의 이 갑자가 넘는 내공이 매교익의 한없이 빠르고 날카로운 검기를 이겨 낸 것이었다.

두 발로 지면을 단단히 버티고 선 강만리는 두 손 가득 한껏 내공을 끌어올렸다. 그의 손이 웅장한 금빛으로 물들었다가 다시 원래의 모습으로 되돌아왔다.

매교익이 그를 노려보며 입을 열었다.

"금강철마존의 제자였더냐?"

"알 것 없다."

강만리의 매몰찬 대꾸에 매교익은 고개를 끄덕이며 다시 말했다.

"하기야 알 필요 없지. 네놈이 왜 반드시 내게 죽임을 당해야 하는지도 말이다."

일순 강만리는 저도 모르게 호기심이 당겼지만 여전히 무뚝뚝한 얼굴로 매교익을 노려보며 천천히 허리춤에서 야우린을 꺼내 들었다.

마침 매교익 역시 조금 전 일합으로 진탕하던 내기가 어느 정도 차분하게 가라앉은 상황이었다. 그 역시 재차 검을 고쳐 쥐며 최후의 절초를 펼칠 준비를 마쳤다.

바로 그때였다.

"아악!"

고막이 떨어져 나갈 정도로 커다란 비명이 매교익의 등 뒤에서 들려왔다.

일순 매교익의 냉정하던 눈빛이 한순간 크게 흔들렸다.

'위호(威虎)?'

그 절규는 자신이 가장 아끼는 수하의 목소리였다. 그의 아들이 죽은 이후, 마치 친아들처럼 정을 주며 키워낸 최측근의 목소리.

매교익은 저도 모르게 고개를 돌렸다. 화군악의 일격에 금의인의 팔이 잘린 채 분수처럼 피를 뿜어내는 광경이 그의 시야 가득 들어왔다.

일순 매교익의 눈빛이 흔들렸다.

'기회다!'

강만리는 매교익이 한순간 고개를 돌린 그 빈틈을 놓치지 않았다.

절호의 기회다 싶은 순간, 그는 지면을 박차며 무극섬(無極閃)의 경신술을 발휘, 순식간에 매교익과의 거리를 좁혔다. 동시에 그의 야우린이 매섭게 허공을 가르며 한순간에 일흔두 번의 공격을 펼쳤다.

연환칠십이곤격쇄!

야우린이 눈에 보이지 않는 속도로 허공을 찢어발기는 그 파공성은 마치 태풍이 휘몰아치는 소리와도 같았으며, 그 위력은 아름드리나무나 천 근 바위를 송두리째 박살 내는 폭풍과도 같았다.

'아차!'

뒤늦게 정신을 차린 매교익은 이를 악물었다.

그는 빠르게 보법을 밟으며 강만리의 공세에서 벗어나는 동시, 천화만락(天華萬落)의 검초를 펼쳐 역습을 가했다. 순식간에 허공 가득 매교익의 검기가 난무했다.

하지만 창졸간에 펼친 일격이었다. 나름대로 최선을 다했지만 그의 전력에 비해서는 어딘지 모르게 힘이 부족했고, 예기도 감소되어 있었다.

반면 강만리는 매교익의 검을 피하지 않았다. 그는 온몸에 두른 호신강기를 믿은 채 곧장 매교익의 가슴팍으로 뛰어들었다.

　수십 개의 검기가 강만리의 전신을 찌르고 베었지만 강만리는 표정 한 점 변함없이 일직선으로 다가섰다. 놀란 매교익이 검을 거둬들였다가 재차 쾌검을 내지르려 했다.

　순간 강만리가 크게 외쳤다.

"멈춰라!"

　그의 호통이 매교익의 귓전에서 폭발했다. 동시에 매교익은 저도 모르게 움찔거리며 강만리의 호통대로 멈춰서야만 했다.

　매교익의 눈은 휘둥그레졌고, 얼굴은 일그러졌다.

'유령신마의 귀유심박?'

　강만리는 심등귀진박의 보이지 않는 쇠사슬로 인해 매교익이 잠시 머뭇거리는 틈을 놓치지 않았다.

　지근거리에 다다른 강만리가 왼손을 뻗어 매교익의 가슴을 밀었다. 바로 그 순간, 강렬하고 장엄한 황금빛 광채가 그의 왼손에서 서리서리 뿜어져 나왔다.

"컥!"

　짧은 신음과 함께 매교익의 안구(眼球)가 눈에서 돌출되었다. 황금빛 광채가 가슴을 관통하는 순간, 그의 심장이 통째로 등을 뚫고 몸 밖으로 날아갔다.

　이삼 장 거리를 날아가 툭! 하고 땅에 떨어진 매교익의 심장이 뭍에 오른 물고기처럼 펄떡거렸다.

 매교익은 이를 악문 채 본능적으로 검을 내질렀다. 이미 안구가 눈 밖으로 튀어나와 앞이 보이지 않았지만, 심장이 몸 밖으로 날아가 땅에 떨어진 채 펄떡거리고 있었지만, 매교익은 마지막 남은 힘을 다해 강만리를 찔러 갔다.

 "윽!"

 그 최후의 일격에 어깨를 관통당한 강만리의 입에서 굵직한 신음이 터져 나왔다.

 피할 수가 없었다.

 아니, 애당초 매교익이 그런 마지막 한 수를 펼칠 줄은 전혀 몰랐다. 세상의 어느 누가 이미 죽은 상태에서까지 마지막 남은 기력을 다해 검을 내지르겠는가.

 강만리는 애써 입술을 깨물고 매교익을 바라보았다. 이미 매교익은 숨이 끊어져 더 이상 움직이지 않았다. 강만리는 다시 자신의 어깨를 돌아보았다. 죽은 매교익이 내지른 검이 그의 어깨를 관통한 채로 멈춰 있었다.

 강만리는 천천히 매교익을 밀어냈다. 매교익이 뒤로 나자빠지는 동시에, 강만리의 어깨를 관통했던 검도 그대로 빠져나갔다.

 강만리는 빠르게 지혈을 한 후 품에서 약을 꺼내 응급처치를 하면서, 나동그라진 매교익을 내려다보았다. 적이지만 그 기개와 집념만큼은 존경받을 만한 인물이었다.

'그런데……'

강만리는 문득 고개를 갸웃거렸다.

'왜 내가 반드시 자신에게 죽어야 한다고 했을까?'

알 수 없었다.

이미 매교익이 죽은 이상 누구에게도 물어볼 수도, 또 그럴 필요도 없었다.

강만리는 이내 궁금증을 지워 내고 크게 외쳤다.

"금각의 각주는 내가 죽였다!"

그의 목소리가 화평장 전역에 쩌렁쩌렁 울려 퍼졌다.

3. 만일의 하나

강만리가 그리 외친 건 두 가지 이유에서였다.

하나는 금의인들의 기세가 꺾여서 스스로 도망치거나 아니면 저항의 힘이 약해지기를 바랐던 것이었고, 다른 하나는 오대가문에게 경고를 주고자 함이었다.

하지만 이번에는 그의 뜻대로 되지 않았다.

강만리의 고함을 들은 금의인들은 외려 더 악착같이 화군악과 장예추에게 덤벼들었다. 그야말로 죽기를 각오한 채, 최소한의 방어도 도외시한 채 오로지 장예추와 화군악을 죽이기 위해 목숨을 걸고 싸우기 시작했다.

그 바람에 화군악과 장예추의 손발은 더더욱 어지러워졌다.

안 그래도 수적 열세로 인해 큰 재미를 보지 못하고 있던 두 사람이었다. 그나마 매교익의 심복이었던 위호라는 자를 비롯해 서너 명의 목숨을 빼앗기는 했지만, 금의인들의 강력한 반발 앞에서 이제 더 이상의 전과는 기대조차 할 수 없게 되었다.

"젠장! 겨우 한 놈 죽였다고 게서 자랑만 하지 말고 얼른 와서 도와주라고요!"

화군악이 소리치며 다급하게 군혼을 휘둘렀다.

무당파의 대청검법과 비슷한 초식이 군혼의 검극에서 흘러나왔다.

하지만 정면으로 파고들던 금의인들은 전혀 두려워하지 않고 앞으로 몰려들었다. 또한 그의 등 뒤에서, 양쪽 옆구리에서도 칼과 검이 잔악한 살의를 담은 채 파고들었다.

결국 화군악은 군혼을 끝까지 휘두르지도 못한 채 훌쩍 몸을 날려 그 자리를 벗어나야만 했다.

하지만 금의인들은 주변 어디에고 다 있었다. 화군악이 내려선 자리 근처에 있던 금의인들이 기다렸다는 듯이 그를 향해 가공할 공격을 퍼부었다.

"제기랄!"

화군악이 소리치며 허공으로 도약했다.

방어를 도외시한 채 달려드는 놈들을 죽이는 건 그리 어려운 일이 아니었다.

하지만 그들을 죽이기 위해서 검을 내질렀다가 행여 놈들에게 검이라도 붙들리게 되는 날에는 사방에서 파고드는 공격을 막지 못할 공산이 컸다.

바로 그 '만일의 하나'라는 경우 때문에 화군악은 좀처럼 공격을 하지 못한 채 연달아 이리 뛰고 저리 뛰는 중이었다.

어쨌든 금의인들은 당경에서 노경에 이른 고수들이었다. 저 수십만 여진족에게 포위를 당했던 때와는 전혀 달랐고, 또한 백마사 인근에서 싸웠던 때와도 매우 달랐다.

한두 마리 늑대라면 숨도 안 쉬고 해치울 수 있는 호랑이었지만 그게 열 마리라면, 백 마리라면 아무리 호랑이라 할지라도 생각을 고치는 게 당연한 일이었다.

그게 지금 화군악이 처한 상황이었고, 역시 장예추가 처한 상황이기도 했다.

금의인들은 마치 피에 굶주린 수십 마리의 늑대들처럼 눈에 불을 켜고 화군악을 향해, 장예추를 당해 덤벼들었다.

그들은 자신의 몸에 상처가 나고 살이 갈라지고 피가 튀는 걸 두려워하지 않았다.

외려 화군악과 장예추의 검이 날아들면 두 손으로 그 검을 꼭 쥐려고 했다. 그렇게 피를 철철 흘리면서 상대의 검을 붙잡고 있는 동안 동료들이 반드시 그들의 목을 벨 거라고 믿으면서.

그때였다.

콰아아아!

거대한 무언가가 하늘을 가르며 보이지 않는 속도로 날아드는 파공성이 있었다.

그리고 그 파공성이 미처 끝나기도 전에, 화군악과 장예추를 향해 덮쳐들던 두어 명의 금의인이 커다란 쇠꼬챙이에 마치 꼬치처럼 꿰여 나가떨어졌다.

"뭐, 뭐냐?"

한 점 두려움 없이 전진하던 금의인들이 당황하며 사방을 둘러보았다. 아무리 죽음을 각오했다지만 아무것도 모른 채 목숨을 잃을 수는 없는 것이었다.

바로 그때, 또다시 가공할 파공성이 울려 퍼졌다.

콰아아아!

그리고 커다란 쇠꼬챙이가 다시 한번 공간을 가르며 폭사했다. 조금 전과는 달리 잔뜩 주의하고 경계하던 금의인들은 그 쇠꼬챙이가 커다란 철시(鐵矢)임을 알아차리며 빠르게 몸을 놀려 피했다.

쾅!

목표물을 잃고 요란하게 지면에 내리꽂힌 쇠화살이 부르르 떨었다.

금의인들은 쇠화살이 날아온 방향으로 시선을 돌렸다.

그 순간 화평장의 외곽 담장, 동서남북 곳곳에 세워진 다섯 개의 망루(望樓) 중 한 곳에서 또 한 차례의 쇠화살이 쏘아졌다. 쇠화살은 눈 깜짝할 사이에 수십 장 거리를 단숨에 주파하여 금의인 무리 한가운데 내리꽂혔다.

이번에도 금의인들 중 사상자는 없었다. 주의하지 않고 경계하지 않았으면 모르되, 이미 쇠화살이 날아든다는 걸 알고 있는 상황에서 당할 그들이 아니었다.

하지만 덕분에 화군악과 장예추는 전열을 정비할 기회를 얻었다. 그들은 같은 곳으로 몸을 날려 서로 등을 맞댔다. 이제는 적어도 등 뒤에서 날아드는 공격은 신경 쓰지 않아도 되었다.

"처음부터 이랬어야 하는 건데."

화군악이 툴툴거리자 장예추가 눈살을 찌푸리며 그를 타박했다.

"내가 그러자고 했을 때 '뭐 겨우 이 정도 가지고'라고 했던 사람이 누구더라?"

화군악이 머쓱한 표정을 지었다.

"저 녀석들이 이리 강할 줄 몰랐으니까."

"호랑이는 토끼를 잡을 때도 전력을 다한다고 했다."

"쳇. 알았어. 알았으니까, 이제라도 담 형님이 주신 기회를 최대한 이용해야지."

화군악은 힐끗 망루를 뒤돌아보며 중얼거렸다.

조금 전까지 망루에는 담우천이 있었다.

그는 망루 한쪽에 숨겨 두었던 쇠뇌를 꺼내어 언제든지 시위를 당길 준비를 하고 있었다. 그러다가 화군악과 장예추가 수세에 처하자 그들을 돕기 위해 세 발의 쇠화살을 발출했던 것이었다.

하지만 이미 저들이 경계하고 주의하는 바람에 쇠화살이 무용지물이 되자 담우천은 아낌없이 쇠뇌를 내팽개친 채 망루를 내려왔다.

물론 그렇게 쇠뇌가 소용없게 되었다고 해도 상관없었다. 그에게는 또 다른 할 일이 있었으니까.

화군악은 다시 고개를 돌려 금의인들을 바라보았다. 금의인들은 언제 어느 순간에 쇠화살이 날아들지 몰라 주춤거리고 있었다. 조금 전 생사를 도외시한 채 덤벼들던 그 기세는 이미 사라지고 없었다.

화군악의 입가에 희미한 미소가 걸렸다.

"그럼 이제 우리가 제대로 된 실력을 보여 줄 때로구나."

장예추가 고개를 끄덕이며 두 손을 뻗었다.

그의 양 손목에서 새하얗고 샛노란 두 개의 고리가 둥실 떠올랐다.

매교익을 쓰러뜨린 강만리는 곧장 화군악과 장예추를 향해 달려가려 했다.

하지만 그는 곧 마음을 바꾸고는 반대쪽 방향으로 신형을 날렸다. 화군악들과 수십여 장 떨어져 있는 그곳에는 위천옥과 허신방 일당, 그리고 무적가 사람들이 목숨을 건 전투를 벌이고 있었다.

생각보다 훨씬 더 팽팽하고 치열한 접전이었다. 위천옥들은 화군악들처럼 수적 열세에 처해 있었지만, 위천옥과 허신방의 놀라운 무위로 무적가 고수들을 계속해서 뒤로 물러나게 만들고 있었다.

하지만 그게 전부였다.

워낙 수적 차이가 크다 보니 위천옥의 가공한 신위조차 놈들을 어쩌지 못하고 있는 게 현실이었다.

특히 삼신과 구백, 그리고 제갈천무가 진법을 펼치며 위천옥을 압박하고 있었는데, 언뜻 보기에는 그 진법이 흡사 소림사의 백팔나한진과 비슷해 보였다.

세 방향에서 호시탐탐 기회를 엿보는 가운데 한쪽에서 우르르 몰려나와 위천옥을 공격하다가 위천옥이 움직이려 드는 찰나, 다시 세 방향에서 연쇄적으로 공격을 감행했다가 수비로 돌아서는 일련의 동작들이 마치 톱니바퀴가 돌아가는 것처럼 원활하게 이뤄지고 있었다.

위천옥은 아마도 처음 진법을 상대하는 모양이었다. 적의 재빠른 공수 전환에 별 소득을 얻지 못하게 되자 그는 길길이 날뛰면서 마구잡이로 공격을 퍼부었다.

그러나 그의 공격은 매번 무위로 돌아갔고, 그때마다 그의 내공은 쓸데없이 소모되고 있었다.

이런 상태로 싸움이 지속된다면 결국 지구전(持久戰)을 택한 무적가의 승리로 귀결될 가능성이 매우 컸다.

허신방 무리는 그런 위천옥을 돕기 위해 안간힘을 썼다. 하지만 그들 또한 무적가 이십칠경의 철저한 봉쇄를 뚫지 못한 채 좀처럼 위천옥에게 가까이 접근하지 못하고 있었다.

"빌어먹을 개자식들! 그렇게 도망치지만 말고 제대로 싸우잔 말이다!"

그렇게 허신방이 발만 동동 구르고 있을 때였다.

4. 금강철마존

갑자기 황금빛 광채가 공간을 가르며 미처 주변을 경계

하지 않고 있던 이십칠경의 한복판으로 뻗어 왔다. 순식간에 대여섯 명의 고수들이 그 황금빛 광채에 휩싸인 채 쓰러졌다.

"금강철마존!"

깜짝 놀란 허신방은 황금빛 광채가 날아온 방향으로 시선을 돌리며 고함을 내질렀다.

"금강철마존께서 오셨다!"

그렇게 크게 기뻐하며 소리치던 그의 얼굴은 그 황금빛 광채를 발출한 자를 보고 이내 추하게 일그러졌다.

"이런…… 제기랄. 금강철마존이 아니라 만리 저 녀석이었구나."

저렇게 강렬한 황금빛 광채를 내는 강기는 오로지 금강철마존의 금강류하(金剛流河)뿐이었다. 그리고 저만한 위력을 내는 금강류하는 오직 금강철마존만이 펼칠 수 있었다.

그래서였다.

대여섯 명의 이십칠경 고수들이 제대로 반응 한번 하지 못한 채 나가떨어지는 모습을 본 허신방은 금강철마존이 재림(再臨)했다고 철석같이 믿은 것이었다.

그러나 그곳에는 멧돼지처럼 생긴, 매사 방해만 되던 강만리가 우뚝 서 있었다. 결코 도움을 받고 싶지 않은 자에게 도움을 받은 것이니, 어찌 허신방의 심사가 뒤틀리지 않을 수 있겠는가.

'하지만 어쨌든!'

강만리의 일격 덕분에 이십칠경의 봉쇄가 허물어지고 이제 위천옥에게로 달려갈 길이 열렸다. 허신방은 강만리에게 살짝 고개를 끄떡인 후 곧바로 그 열린 길을 따라 위천옥에게로 날아갔다.

동시에 강만리는 다시 내공을 운기하여 또 한 차례의 금강류하를 발출하였다.

"금강철마존께서 오셨다!"

허신방이 내지른 고함은 화평장 전역으로 퍼져 나갔다. 그리고 그 충격파는 장원 전체를 뒤흔들 정도로 엄청났다.

'금강철마존이라니!'

위천옥을 압박하던 제갈천무의 안색이 새파랗게 질렸다. 그만한 고수조차도 두려움과 공포에 지릴 정도의 이름이 바로 금강철마존이었다.

거기에다가 등 뒤에서 갑자기 허신방이 날아들자 제갈천무들은 더더욱 당황하였다. 허신방의 난입 하나로 기계처럼 딱딱 맞아떨어지던 진열이 헝클어지고 움직임이 어긋났다.

위천옥은 그 기회를 놓치지 않고 진영 한복판으로 뛰어

들어 맹수처럼 날뛰기 시작했다.

그렇게 갑자기 손발이 어지러워진 상황에서 제갈천무는 느닷없이 천하를 뒤덮는 황금빛 광채가 자신들을 향해 쏘아지는 걸 느끼고는 크게 부르짖으며 빠르게 자리를 피했다.

"금강류하다! 모두 자리를 피하라!"

가로막는 모든 걸 부수고 파괴하고 박살 내는 강기. 정사대전 당시 얼마나 많은 정파의 고수들이 그 황금빛 강기에 목숨을 잃었던가.

당시를 똑똑하게 기억하고 있는 제갈천무였기에 그 공포심은 그의 뇌리에 제대로 각인되어 있었다.

제갈천무가 도망치듯 자리를 피하고 또 그의 외침에 놀란 무적가 고수들이 사방으로 흩어졌다. 그들의 완벽하던 진영은 이내 와해되었다. 그 가운데로 황금빛 광채가 도도하게 밀려들었다가 사라졌다.

정신을 차린 무적가 고수들이 재차 진열을 가다듬고 진법을 펼치려 했지만 이미 때는 늦었다. 위천옥은 그야말로 우리에서 빠져나온 호랑이가 날뛰듯 사방으로 움직이며 연달아 살수를 펼쳤다.

위천옥에게는 이미 초식(招式)이고 투로(套路)고 필요가 없었다.

강기로 똘똘 뭉친 손으로 상대를 잡으면 상대의 팔이

부러지고 살점이 움푹 파였다. 발로 걷어차인 자리는 함몰되듯 쑥 들어갔고, 몸 곳곳에 구멍이 뚫렸다.

조금 전까지만 하더라도 기세등등하게 위천옥을 몰아세우던 구백이 몰살당하는 건 순식간에 벌어진 일이었다.

'금강철마존? 설마…….'

공적십이마의 세 노인을 상대로 싸움을 펼치고 있던 철목십삼호로 또한 허신방의 고함에 놀라 안색이 급변했다.

이미 죽었다고 알려진 금강철마존이었다. 그가 다시 세상에 모습을 드러냈다는 건 충격적인 일이었다.

금강철마존은 지금 그들이 싸우고 있는 이 세 늙은이나 무림오적과는 비교가 되지 않는 거물이자 괴물이었다.

서로 눈짓을 교환하는 철목십삼호로의 표정에는 다급한 기색이 넘쳐흘렀다. 금강철마존이 가세하기 전에 최대한 빨리 이 세 늙은이를 해치워야 했다.

그래서 철목십삼호로는 서두르기 시작했고, 외려 그게 공적십이마에게는 호기(好氣)가 되었다.

"이제야 형님이 오셨구나!"

혈천노군이 껄껄 웃으며 소리쳤다.

"이거, 이제 제대로 싸워야겠는데? 형님에게 못난 모

습 보여 드리지 않으려면 말이야!"

혈천노군은 빠르게 쌍장을 휘둘렀다. 호로들은 황급히 몸을 피해야 했다.

"괜히 형님께 폐를 끼칠 수는 없겠지!"

유령신마도 크게 소리쳤다.

"얼른 끝내고 형님을 맞이하러 가세!"

그의 신형은 유령처럼 표홀하여 그 어디에도 없었고, 그 어느 곳에나 모두 존재하는 것 같았다. 호로들의 얼굴이 더욱더 다급하게 변했다.

무상검마는 입을 꾹 다문 채 검을 내질렀다. 그의 검은 더욱더 빨라졌고 강렬해졌다. 검기가 한 번씩 번뜩일 때마다 호로들의 목덜미가 서늘해졌다.

그러던 한순간!

"크윽."

호로 중 한 명의 입에서 얕은 신음이 흘러나왔다. 무상검마의 검에 당한 것이었다.

느닷없는 금강철마존의 등장에 가뜩이나 손발이 어지러워진 호로들은 크게 당황했다. 이렇게 지리멸렬한 상태로 싸우다가는 자칫 몰살당할지도 모른다는 위기감이 그들의 뇌리를 스치고 지나갔다.

저 정사대전 당시의 혈전(血戰)과 난전(亂戰) 속에서도 단 한 명의 목숨을 잃지 않고 끝까지 버티고 싸워서 살아남은 철목십삼호로의 전설이 예서 무너질 수도 있었다.

잠시 상황을 살피던 절검 유단초는 빠르게 결정을 내렸다.

"인화는 섭규(攝奎)를 부축해서 뒤로 빠져라!"

그는 크게 검을 내질러 혈천노군을 뒤로 물러서게 만들며 소리쳤다.

"룡운과 아방은 그들을 호위하라! 나머지는 나와 함께 이 세 늙은이를 막는다!"

그의 정확한 지시에 호로들은 이내 정신을 수습하고 빠르게 움직였다.

두 명이 진열에서 물러나고, 다른 두 명의 노인이 그들을 호위하듯 버티고 섰다. 그리고 절검 유단초를 위시한 나머지 다섯 노인이 공적십이마들을 상대했다.

아홉 명으로 싸우다가 다섯으로 숫자가 줄어들자 호로들이 받는 압력은 배 이상으로 커졌다.

하지만 그들은 뒤로 물러서지 않았다. 자신들이 물러나거나 피하면 곧 후방의 동료들이 위험에 처하게 된다는 걸 너무나도 잘 알고 있었기 때문이었다.

다섯 노인이 최선을 다해 유령신마와 혈천노군, 무상검마의 공세를 막아 내는 동안, 후방으로 빠져나와 있던 네 명의 노인은 곧 전장을 떠나갔다.

그들은 적을 앞에 두고 물러나는 걸 치욕으로 생각하지

않았다. 살아 있으면 언제든지 복수할 기회가 있었다. 순간의 기세에, 자존심과 체면에 목숨을 걸고 싸우다가 죽기라도 한다면 그 후는 없는 법이었다.

그래서 그들은 불리하면 물러날 줄 알았다. 그리고 그게 정사대전이라는 전쟁 속에서 수많은 영웅담을 남기면서 살아남을 수 있었던 이유였다.

"또 비겁하게 도망치는 게냐?"

혈천노군이 소리쳤다.

"언제나 네놈들은 그런 식이었다! 불리하면 꼬리를 말고 도망치고, 또 유리하다 싶으면 떼로 몰려들어 공격하고! 그게 철목십삼호로의 추악한 본성이라는 거겠지!"

그의 조롱 가득한 고함에도 호로들은 흔들리지 않았다. 끝까지 살아남아서 다시 복수하려면 이 정도 수모와 굴욕은 참아 낼 인내가 있어야만 했다.

그렇게 네 명의 노인이 내당 월동문 밖으로 사라진 직후.

"아악!"

그들이 사라졌던 월동문 밖에서 거친 비명이 터져 나왔다. 바로 수치와 치욕을 무릅쓰고 후퇴했던 네 명의 노인 중 한 명이 내지른 비명이었다.

2장.
시대(時代)를 풍미(風味)했던 자들

하지만 세월의 흐름에 따라 어쩔 수 없이 생기는 체력의 저하는
아무리 초절정 고수라 할지라도 막을 수가 없었다.
그래서 노고수(老高手)들은 장기전(長期戰)을 선호하지 않는다.
그들이 첫수에 상대를 쓰러뜨리는 건 오로지 체력을 보존하기 위함이지,
절대로 자신의 능력을 뽐내기 위함이 아니었다.

시대(時代)를 풍미(風味)했던 자들

1. 무형(無形)의 강기(罡氣)

 내당 밖으로 후퇴한 네 명의 호로는 빠르게 장원을 빠져나가려고 했다.
 그래서였다. 그들의 발밑에 무엇이 있고, 어떤 함정과 기관진식이 발동되어 있는지 전혀 알아차리지 못한 까닭은.
 게다가 이 장원에 들어설 때까지만 하더라도 장원 내부에는 그 어떠한 함정의 흔적이나 기관진식의 기척도 느껴지지 않았던 것 역시 그들이 마음을 놓은 이유가 되었다.
 그렇게 네 명의 호로가 오로지 앞만 바라보고 달려 나

가던 순간, 발밑에서 무언가 툭, 하고 튀어나와 발바닥을 찌르는 듯한 느낌이 중검(重劍) 섭규에게 전해졌다.

"윽."

동시에 섭규의 안색이 급변하며 황급히 발을 들어 올리면서 걸음을 멈췄다.

그러나 이미 때는 늦었다.

중검 섭규의 발이 이내 퉁퉁 부어오르기 시작했다. 어느새 본당 일대 바닥에 깔려 있던 독질려(毒蒺藜)를 밟은 것이었다.

그들과 같은 초절정의 고수들이 함부로 독질려를 밟다니, 평소라면 있을 수 없는 일이었다.

그러나 지금 섭규는 부상을 당한 상태였고, 신경이 온통 후방에 남아 있는 동료들에게 쏠려 있었으니 미처 자신들의 발밑에 신경 쓸 겨를이 없었던 것이었다.

"독이네. 얼른 해독하게."

멸도 천아방이 다급하게 말했다.

중검 섭규는 고개를 끄덕인 후 스스로 발을 점혈하여 독이 퍼지지 못하게 한 다음 해독제를 꺼내 먹었다.

예서 더 안전하게 조치하고자 한다면 그 자리에 앉아서 운기조식을 하여 내공과 약효로 독을 다스려야 했지만 지금 그들에게는 그럴 여유가 없었다.

"걸을 수 있겠는가?"

멸도 천아방이 걱정스레 후방 쪽을 돌아보며 물었다. 섭규가 발을 내디뎌보고는 고개를 저었다.
 "아무래도 안 될 것 같네."
 "그럼 내게 업히게."
 멸도 천아방이 등을 내주었다. 섭규는 머뭇거리다가 등에 업혔다.
 바로 그 순간이었다.
 스읏!
 귀 기울여 듣지 않으면 도저히 알아차리지 못할 정도로 희미한 파공성이 일었다.
 동시에 보이지 않는 무언가가 동료에게 등을 내주느라 빈 틈투성이인 멸도 천아방의 오른쪽 옆구리로 파고들더니, 그대로 왼쪽 옆구리에 커다란 구멍이 뻥 뚫렸다.
 "아악!"
 천아방의 단말마와 함께 그가 앞으로 고꾸라졌다.
 막 그의 등에 올라타던 섭규도 균형을 잃고 앞으로 넘어가려는 찰나, 또 한 번의 희미한 파공성과 함께 무언가가 날아들며 그의 등을 관통했다.
 피와 살점이 사방으로 튀는 가운데 폭검 와룡운과 설검 장인화는 당황하여 어찌할 바를 몰라 했다. 와룡운은 횡사(橫死)한 동료들의 시신을 살폈다.
 "무기는 보이지 않네. 아무래도 무형(無形)의 강기(罡

氣)에 당한 것 같네."

그렇게 말하는 와룡운의 얼굴에는 믿어지지 않는다는 표정이 역력했다.

주변에 인기척이 없고, 보이는 저편까지 사람의 모습이 없으니 최소한 이삼십여 장 밖에서 강기를 날렸으리라.

그 이삼십여 장을 날아오면서 제대로 된 파공성도 내지 않는 강기가 세상에 존재할 리 없었다. 만약 그런 강기가 존재한다면 천하의 그 어떤 무기나 무공보다도 완벽한 암살 도구가 될 수 있었다.

설검 장인화는 검을 들어 와룡운과 자신을 보호하며 파공성이 들려온 방향을 살폈다.

역시 보이는 것이라고는 인기척 끊어진 전각과 바람에 일렁이는 나무들뿐이었다. 오직 뜨거운 햇볕만이 내리쬐는 가운데, 장인화와 와룡운의 목덜미에 식은땀이 맺히고 있었다.

"피하게!"

와룡운이 크게 소리쳤다. 무언가 날카롭게 날아드는 느낌에 장인화가 훌쩍 옆으로 몸을 날렸다. 뒤늦게 아주 희미한 파공성이 일면서 지면에 구멍이 생겼다.

"이런……."

지면으로 내려서던 장인화의 얼굴이 일그러졌다.

마치 그 자리에 장인화가 내려설 줄 미리 알고 있었다

는 듯이, 아니 일부러 그곳으로 내려서게 만든 것처럼 그의 발밑에는 독질려가 깔려 있었던 것이었다.

 독질려의 날카로운 가시가 가죽 신발을 뚫고 장인화의 발바닥을 찔렀다. 가시에 충분히 묻혀 있던 극독(劇毒)이 장인화의 몸속으로 파고들었다. 그러고는 혈맥을 따라 곧장 심장 쪽으로 거슬러 올라가기 시작했다.

 장인화는 황급히 무릎의 혈도를 제압하여 극독의 움직임을 봉쇄했다. 그리고 해독약을 찾아 허리춤을 뒤지는 순간, 다시 한번 날카로운 파공성이 들려왔다.

 동시에 와룡운이 장인화의 앞으로 나서며 검격(劍擊)을 날렸다. 날카로운 검기가 전면으로 흩뿌려졌다. 그 검격이 보이지 않는 무언가와 정면으로 부딪치는 순간 콰앙! 하는 충격음이 터져 나왔다.

 그 후폭풍에 밀려서 서너 걸음이나 물러선 와룡운이 황급히 자세를 고쳐 잡으려던 그때, 허공에서 불쑥 한 사내가 튀어나와 그의 목을 그었다.

 그야말로 도저히 어떻게 반응할 수도, 대응할 수도 없이 순식간에 벌어진 일이었다.

"큭."

 반이나 잘려 나간 목을 애써 부여잡으며 버티려던 와룡운이 결국 앞으로 고꾸라졌다.

 홀로 남게 된 장인화가 해독제가 든 약병을 사내에게

내던지는 동시에 검을 휘두르려 했다. 하지만 사내는 이미 그 자리에 없었다.

 장인화의 정면에서 홀연히 사라졌다가 그의 등 뒤로 홀연히 모습을 드러낸 사내는 아무런 소리도, 기척도 없이 검을 내밀어 그의 명문혈을 지그시 찔렀다.

 장인화의 동공이 크게 확장되었다. 그는 천천히 뒤를 돌아보았다. 사십 대 중후반의 사내가 무심한 표정을 지은 채 그 자리에 우뚝 서 있었다.

 장인화는 사내가 누구인지 알 것 같았다.

 "사선행수······."

 장인화의 입에서 핏물이 꾸역꾸역 밀려 나왔다.

 "그렇군······. 담우천을······ 잊고 있었구나······."

 장인화는 그 말을 남기고 앞으로 고꾸라졌다.

 사내, 담우천은 무심한 눈빛으로 이미 죽은 자들을 내려다보며 중얼거렸다.

 "나만 이득을 본 것 같군그래."

 그건 사실이었다.

 이들 네 명의 호로는 조금 전까지 혈천노군들과 죽기 살기로 싸운 까닭에 이미 대부분의 내공과 체력을 소진한 후였다. 게다가 중검 섭규는 큰 부상을 당한 상태였다.

 비록 담우천이 펼친 무영비격창의 화력(火力)이 절대적인 신위를 보여 주었다고 해도, 또 그가 펼친 환섬신루의 경공술이 이미 절정에 이르렀다 해도, 이들 네 명의 호로가 평소의 내공과 체력을 지니고 있었다면 이렇게까지 쉽게는 해치우지 못했을 것이었다.

잠시 호로들을 내려다보던 담우천은 바지 자락에 검을 닦으며 내당 쪽으로 시선을 돌렸다.

그곳에서는 아직도 치열한 전투가 벌어지고 있는 듯 지면에 구멍이 나고, 전각과 담벼락이 무너지는 굉음이 연달아 들려오고 있었다.

무심한 표정으로 지켜보던 담우천의 안색이 한순간 급변했다. 동시에 그는 고개를 홱 돌리며 화평장 정문 쪽을 바라보았다.

수십 명의 기척이 놀랄 정도로 빠른 속도로 다가오고 있었다. 최소한 철목십삼호로와 비교해도 뒤떨어지지 않을 정도의 고수들이었다.

'어느 쪽?'

담우천은 빠르게 판단했다.

조금 전 십삼매가 한 사내에게 안긴 채 장원을 빠져나갔으니, 어쩌면 황계에서 보낸 원군일 수도 있었다. 반대로 지금껏 모습을 드러내지 않았던 건곤가와 금해가의 연합 세력일 수도 있었다.

담우천은 가볍게 입술을 깨물고는 지면을 걷어찼다. 어느 쪽이든 자신의 모습을 보이지 않는 게 지금에서는 최선이다 싶었던 것이다.
 이내 그의 신형이 신기루처럼 허공에서 자취를 감췄다.

 2. 일합(一合)의 승부

 본당 쪽에서 들려온 처참한 비명은 남아 있던 호로들을 더더욱 다급하고 초조하게 만들었다. 그들은 어떡하든 혈천노군들의 공세를 뿌리치고 본당 쪽으로 도주하려 했다.
 그러나 혈천노군들은 그렇게 만만하지 않았다.
 십삼호로가 온전할 때도 혈천노군을 비롯한 세 마두를 어찌하지 못했다. 그런데 지금은 아홉에 불과했다. 또한 마음은 초조하고 다급했으며, 체력은 떨어졌고 내공 또한 상당 부분 소진되어 있었다.
 물론 그건 마두들 또한 마찬가지였다.
 "이거 오래간만에 싸우니 몸이 말을 듣지 않는군."
 혈천노군도 제법 지친 표정을 지으며 투덜거렸다.
 나이가 들수록 내공은 심후해지고 무공은 깊어지기 마련이다.
 하지만 세월의 흐름에 따라 어쩔 수 없이 생기는 체력

의 저하는 아무리 초절정 고수라 할지라도 막을 수가 없었다.

그래서 노고수(老高手)들은 장기전(長期戰)을 선호하지 않는다. 그들이 첫수에 상대를 쓰러뜨리는 건 오로지 체력을 보존하기 위함이지, 절대로 자신의 능력을 뽐내기 위함이 아니었다.

그런데 지금 세 마두들과 호로들은 무려 반 시진 이상이나 치열한 전투를 벌이고 있었다.

한 번 검을 휘두르고 손을 내뻗을 때마다 전력을 다해야만 했다. 잔뜩 긴장하고 정신을 집중한 터라 정신적인 소모도 매우 컸다. 아무리 초절정의 고수들이라 할지라도 슬슬 한계에 접어들 때가 되었다.

"그래서 하는 말이네만, 이번 일합으로 승부를 끝내는 게 어떻겠나?"

혈천노군은 모든 내공을 집약하여 두 손에 가득 담아내며 그렇게 제안했다.

반면 숨이 목구멍까지 차오른 절검 유단초는 쉽게 대꾸하지 못했다. 그 상황만으로도 지금 어느 쪽이 유리하고, 불리한지 충분히 알 수 있었다.

무상검마도 기를 모으고 있었다. 유령신마 또한 낮은 목소리로 뭔가 주문을 외우고 있는 것이 귀기(鬼氣)까지 흐르고 있었다.

겨우 한숨을 돌린 유단초가 고개를 끄덕이며 말했다.

"좋소. 그리합시다. 이번 일합으로 모든 걸 결판 지읍시다. 과거의 악연까지 말이오."

"뭐 우리 사이에 악연이라고 할 것까지는 없지 않겠나?"

혈천노군은 빙긋 미소를 지었다. 그리고 천천히 두 손을 들어 올리며 말했다.

"조심들 하게나. 잠시 은거하고 있던 동안에 심심해서 만든 수법이지만 제법 매서우니 말일세. 혈우천하(血雨天下)라고 이름을 붙였네만, 잘 어울리는지 한번 확인해 보게."

그의 손이 붉게 물들기 시작했다.

마치 몸속의 모든 핏물이 고스란히 두 손에 모여든 것만 같았다. 그 사이(邪異)하고 공포스러운 광경에 절검 유단초를 비롯한 호로들은 침을 꿀꺽 삼키며 잔뜩 긴장했다.

무상검마의 검이 한순간 투명해지더니 이내 시야에서 사라졌다. 아무래도 무상검마 또한 정사대전 이후 새로운 검법을 창안한 모양이었다.

유령신마의 중얼거리는 목소리가 점점 커지기 시작했다. 그가 주문을 읊는 목소리가 커질 수록 호로들의 정신이 위축되고 몸이 굳어지는 것 같았다.

"우리도 그동안 놀고만 있던 건 아니오!"

순간 절검 유단초가 그 주문을 뿌리치듯 소리쳤다. 순간 그의 가슴이 활짝 펴졌고, 두 눈에서는 형형한 정광(精光)이 뿜어져 나왔다.

대협(大俠)의 기세가, 정파의 거물다운 정정당당한 위세가 그의 전신에서 서리서리 흘러나왔다.

"아우들은 모두 듣거라!"

유단초는 세 마두를 직시하며 소리쳤다.

"아무래도 오늘 이 자리가 우리의 무덤이 될 것 같구나! 하지만 죽을 때 죽더라도 저승길 외롭지 않도록 이왕이면 많은 이들을 함께 데려가야 하지 않겠느냐?"

유령신마의 주문에 따라 슬금슬금 밀려오던 사기(邪氣)와 악기(惡氣), 마기(魔氣)의 검은 물결이 유단초의 우렁찬 사자후에 밀려나며 사방으로 흩어졌다.

호로들의 표정도 달라졌다.

그들 또한 유단초와 같이 허리를 꼿꼿하게 세우고 두 눈을 부릅뜬 채 노마들을 직시했다.

시대를 풍미했던 자들의 위용과 위풍이 철갑(鐵甲)처럼 그들의 전신을 휘감았다.

비장한 기색이 호로들의 얼굴 가득 스며들었다.

비록 수적으로는 구 대 삼, 압도적이었지만 그들은 절대 방심하지 않았다. 상대는 어디까지나 공적십이마의 빌어먹을 세 마두였으니까.

주문을 외우고 호흡을 가다듬은 세 마두의 머리 위 하늘에 먹장구름이 밀려들었다. 기묘하게도 오로지 그들 주변만 어둠이 내려앉고 있었다. 마치 세상의 종말(終末) 한 자락을 언뜻 보고 있는 듯한 느낌이었다.

절검 유단초는 그 먹장구름에 시선을 집중했다. 유령신마의 주문이 점점 고조되면서 오징어의 먹물처럼 새까만 먹장구름의 기세가 확연하게 주변을 장악하고 있었다.

유단초는 먹장구름이 주변 일대를 완벽하게 뒤덮게 된다면 이미 상황은 늦은 거라고 판단했다. 그래서였다. 유단초는 한껏 끌어올린 내공으로 백도정파의 순후하기 그지없는 사자후를 터뜨렸다.

"척마멸사(拓魔滅邪)!"

동시에 그는 한 걸음 앞으로 크게 내디뎠다.

쿠웅!

우렁찬 진각(震脚)과 더불어 그의 검이 일직선으로 뻗어 나갔다. 일순 그의 삼 척(三尺) 칠 촌(七寸)의 검이 새하얀 검광(劍光)과 더불어 무려 칠 척(七尺) 길이로 늘어났다.

"검강(劍罡)이로구나!"

혈천노군이 즐겁다는 듯이 크게 소리치며 쌍장으로 두 개의 원을 그렸다.

동시에 그의 양 손바닥에서 두 가닥의 장력이 솟아나더니 마치 두 마리의 용이 서로 몸을 꼬며 날아가듯이 정면을 향해 발출되었다.

 그게 시작이었다.

 절검 유단초를 비롯한 아홉 명의 호로가 일시에 검기와 검강을 날리고 절기(絶技)를 쏟아부었다.

 혈천노군은 폭포수처럼 맹렬하게 흐르는 장력으로, 무상검마는 순식간에 열여덟 가닥의 검기를 만들어서 그들과 맞섰다.

 유령신마 또한 마침내 주문을 모두 외운 듯 두 팔을 허공 높이 쳐들었다. 일순 그의 머리 위에 모여들었던 먹장구름이 사방으로 퍼져 나가며 그 주위를 새까맣게 물들였다.

 열한 명의 절대고수가 생사(生死)를 가르는 일합(一合)!

 그 장엄한 부딪침은 콰아아앙! 하는 격렬한 굉음과 함께 주변 모든 것을 집어삼키듯 거대한 흙먼지를 피어올렸다.

 주변 공기가 얇은 얼음장 갈라지듯 쩌억, 쩍 소리를 내며 찢어지는 듯했고 한껏 솟구친 흙먼지를 뚫고 핏물과 살점들이 수십 수백 조각으로 갈기갈기 찢긴 채 비산하였다.

 천지가 무너지는 것 같았다. 모든 것이 지면 아래로 함몰한 듯했다.

그 일대를 암흑으로 휘감았던 먹장구름이 천천히 자취를 감추고 용권풍(龍捲風)처럼 솟구쳐 올랐던 거대한 흙먼지의 돌풍이 사방으로 흩어질 때까지 그 결계 안에서는 그 어떤 소리도 흘러나오지 않았다.

얼마나 오랜 시간이 흘렀을까.

두껍게 장막처럼 시야를 가로막았던 흙먼지의 돌풍이 사라지면서 누군가의 목소리가 들려왔다.

"고약한 괴물들이라니까."

목이 잠긴 듯, 혹은 핏물을 머금고 있는 듯 끈적이는 목소리의 주인은 다름 아닌 혈천노군 한백겸이었다.

"정말 이런 싸움은 두 번 다시 하고 싶지 않군그래. 죽지 못해 살아가는 늙은 괴물들 따위, 앞으로 영영 만나지 않았으면 좋겠다니까."

"이제 그런 걱정은 하지 않아도 될 걸세."

혈천노군의 말에 유령신마 갈천노가 무심한 어조로 대꾸했다.

"앞으로는 호로들과 영영 만나지 못하게 되었으니까."

3. 죽을 때가 되어서

흙먼지가 모두 가라앉았다. 주위를 뒤덮었던 먹장구름도 더는 보이지 않았다.

그렇게 깨끗하게 시야가 밝혀진 그 자리에는 세 명의 노인이 피범벅이 된 채 흔들거리며 서 있었다. 혈천노군과 유령신마, 그리고 무상검마 척전광이었다.

그들의 상태는 절대 온전하지 않았다. 입고 있던 무복은 갈기갈기 찢겨 있었고, 머리카락은 폭풍이라도 만난 것처럼 봉두난발이 되어 있었다.

그들의 몸에는 수십 개의 칼자국이 새겨져 있었고, 상처마다 피가 흐르고 있었다. 특히 복부의 검상(劍傷)은 언뜻 내장이 드러나 보이는 것이 상당히 깊어 보였다.

게다가 그들의 내상 또한 만만치 않은 듯이 연신 입가에서 주르륵 핏물이 흘러나왔다.

그나마 팔이 잘리고, 다리가 잘리지 않은 걸 천만다행이라고 해야 할까. 아니면 저 아홉 명의 호로처럼 이미 목숨을 잃은 채 땅바닥에 쓰러지지 않았다는 사실에 감사해야 할까.

아홉 호로들은 단 한 명도 남기지 않고 모두 목숨을 잃었다. 특히 앞장서서 공격을 감행했던 절검 유단초의 경우에는 목만 남긴 채 그 밑의 신체는 찢어지고 박살 난 채 사방으로 흩어져 있었다.

"나도 이제 많이 늙었나 보네."

그 처참한 광경에 혈천노군은 저도 모르게 한숨을 쉬며 중얼거렸다. 그의 목소리에는 한 점의 힘도 실려 있지 않은 것이 마치 곧 죽을 사람의 그것처럼 들려왔다.

"살다 살다 이런 꼴을 보고 싶지 않게 될 줄 어느 누가 알았겠는가?"

젊었던 시절에는 하루에 백 명도 죽이고 이백 명도 죽였다. 심장을 빼내 잘근잘근 씹으면서도 여전히 눈가에는 잔혹한 살광(殺光)이 악마의 그것처럼 번들거렸다.

하지만 세월이 흘러 예순 살이 훌쩍 넘어, 이제 여든 살 나이가 가까워지게 되자 이런 시산혈해(屍山血海)의 광경에 괜히 착잡해지고 가슴이 아려 왔던 것이었다.

죽을 때가 되어서일까.

"죽을 때가 되어서 그런 걸세."

유령신마가 말했다.

"본 교에 입교하게. 한결 마음이 나아질 걸세."

"됐네, 이 사람아."

혈천노군은 피식 웃으며 힘없이 손사래를 쳤다.

"내가 교주를 몰랐다면 입교했을 수 있겠지만, 그 교주가 세상 말종인 걸 다 아는 처지에 어찌 자네의 교리를 믿을 수 있겠는가?"

"흠. 그건 그렇군."

유령신마는 혈천노군의 말을 부인하지 않은 채 고개를

끄덕였다. 다음 순간 유령신마의 눈빛이 섬광처럼 번뜩이더니 빠르게 화평장의 정문 쪽으로 고개를 돌렸다.

그와 동시에 혈천노군도, 검을 지팡이처럼 쥐고 우뚝 서 있던 무상검마도 유령신마와 같은 곳으로 시선을 향했다.

"오십여 명인가?"

"아니, 백 명은 되는 것 같군."

"쳇. 이제 노괴물들은 만나기 싫은데 말이지."

혈천노군은 동료들을 돌아보며 물었다.

"어때? 더는 싸우기도 싫고 싸울 때도 아니고, 싸울 힘도 없는데 이 정도에서 물러서는 게."

"그럴 수야 있다면 좋겠지만."

"그럼 우선 말썽꾸러기 그 녀석을 찾아서 데리고 빠져나가자고."

"무림오적은?"

"그 애송이들은 알아서 하라 그러지, 뭐. 운이 좋다면 살아남을 테고, 그렇지 못한다면 하늘을 탓해야겠지."

혈천노군의 제안에 유령신마와 무상검마는 잠시 생각했다. 여전히 그들의 눈빛은 화평장 밖을 주시하고 있었다.

수많은 인기척이 이곳을 향해 날아드는 속도는 심각할 정도로 빨랐다. 그것만으로도 그 기척들의 무위가 절대

호로들 못지않다는 걸 충분히 느낄 수 있었다.

강호 무림에 저만한 무위를 지닌 집단, 그것도 백여 명이나 한꺼번에 움직일 수 있는 곳이 어디 있을까.

혈천노군들은 이미 그곳이 어디인지, 그리고 지금 빠른 속도로 날아드는 그들의 정체가 무엇인지 익히 알고 있는 눈치였다.

"망설일 시간이 없네."

혈천노군이 닦달했다. 결국 유령신마가 한숨을 쉬며 입을 열었다.

"그렇게 하세. 이 몸으로 여기 남아 있어 봤자 폐만 될 뿐이니."

무상검마는 불만이 있는 듯한 표정이었지만 그래도 조용히 고개를 끄덕였다. 천하의 그 역시 현실을 인정하지 않을 수가 없는 것이었다.

"그럼 얼른 그 못난 말썽꾸러기를 찾으러 가세."

혈천노군은 그렇게 말하며 길게 호흡을 내쉬었다. 그러고는 훌쩍 몸을 날려 내당 맞은편 쪽으로 날아갔다. 평소처럼 우아하지도 가볍지도 표홀하지도 않은, 아슬아슬하기 그지없는 경공술이었다.

그 뒤를 따라 유령신마와 무상검마도 몸을 날렸다. 그들 또한 중상을 입은 상태로 펼치는 경공술이라 그런지 지면을 박차고 날아오르는 모습이 한없이 느리고 무거워만 보였다.

* * *

"진짜 하루살이들 같다니까! 정말 귀찮아 죽겠군그래!"
위천옥은 짜증 가득한 목소리로 투덜거리며 칼을 휘둘렀다. 그와 맞서 싸우다가 목이 부러졌던 고수의 칼이었다.
번쩍!
섬광이 이는 동시에 칼은 위천옥을 향해 날아들던 십여 개의 불덩어리들을 단번에 잘랐다. 토막 난 불덩어리들이 사방으로 날아가 떨어지면서 장원 곳곳에 불을 붙였다. 이내 화평장 내당이 불타오르기 시작했다.
위천옥이 생각보다 쉽게 자신들의 절기를 파훼하자, 살아남은 무적가 고수들은 다급하게 다시 내공을 끌어올려 화구를 발출하려 했다.
하지만 이미 모든 내공을 소진한 듯 그들의 손바닥에는 조그만 불씨 하나만이 타탁, 하고 피어올랐다가 그대로 바람결에 꺼지고 말았다. 무적가 고수들의 안색이 새파랗게 질리는 순간이었다.
이렇게 어이없을 정도로 쉽게 무너질 그들이 아니었다. 비록 예전의 그 위용에 미치지 못한다고는 하지만,

그래도 삼신구백이십칠경이 한꺼번에 움직이지 않았던가.

그런데 느닷없는 금강철마존의 등장에, 그리고 그들의 등 뒤에서 금마철마존의 금강류하가 연달아 폭발하면서 한꺼번에 십수 명의 고수가 목숨을 잃고 말았다.

아무래도 그게 컸다. 지금 이렇게 무적가 고수들이 몰살당할 지경에 이르게 된 것은.

제갈천무는 황급히 주위를 둘러보았다. 살아남은 자들은 불과 예닐곱 명. 반면 위천옥 측은 허신방을 비롯한 세 명밖에 남지 않았지만 그 위천옥이 여전히 건재하다는 게 가장 큰 문제였다.

"빌어먹을! 저런 소(少)괴물이 이곳에 있을 줄이야."

제갈천무가 이를 갈 때였다.

담장 너머에서 훌쩍 날아드는 세 개의 신형이 있었다. 그 기척에 깜짝 놀란 제갈천무가 고개를 돌려 그들의 면면을 확인했다. 이내 그의 얼굴이 추악하게 일그러졌다.

"저 마두들이……."

담장 너머에서 날아든 자들은 다름 아닌 공적십이마의 세 늙은이었다. 비록 전신에 피투성이가 된 몰골을 하고 있었지만 그래도 여전히 가공할 기세를 뿜어내고 있었다.

그들이 건재하다는 건 다시 말해서 그들과 싸우던 철

목십삼호로가 모두 목숨을 잃었다는 뜻이었다. 즉, 제갈천무에게 있어서는 갈수록 첩첩산중의 상황이 전개될 게 분명했다.

"어? 할아버지들!"

위천옥이 세 마두를 향해 고개를 돌리며 활짝 웃었다.

"생각보다 많이 고생했나 보네. 몰골들이 형편없어. 서안에서 느긋하게 지내면서 실력이 떨어진 거 아냐?"

혈천노군은 평소와는 달리 그의 조롱을 맞받아치려 하지 않았다. 대신 긴박한 어조로 빠르게 입을 놀렸다.

"뭐하고 있는 게냐? 어서 이곳을 빠져나가자."

위천옥의 눈이 휘둥그레졌다.

"응? 빠져나가다니? 설마 도망치자는 거야? 다 이긴 싸움에서?"

"흥! 아직 저 기척들이 느껴지지 않는 게냐?"

"기척?"

위천옥은 혈천노군이 가리키는 방향으로 고개를 돌렸다. 이내 그의 얼굴에 희미한 긴장감이 서렸다. 하지만 그는 곧 피식 웃으며 어깨를 으쓱거렸다.

"뭐야? 죽고 싶어서 달려드는 똥파리들이 더 있었네? 그게 무서워서 도망치자는 거야, 지금? 이야, 할아버지들 정말 예전의 그 할아버지들이 아니라니까."

"허어. 똥이 무서워서 피하는 게냐? 더러워서 피하는

게지. 잔말 말고 얼른 따라오너라."

"싫은데?"

"음?"

위천옥은 들고 있던 칼을 아무렇게나 내던졌다.

"크윽."

그 칼에 격중을 당한 이십칠경 중 한 명이 낮은 신음을 지르며 고꾸라졌다.

지켜보던 제갈천무의 안색이 더욱더 어두워졌다. 차이가 나도 너무나도 났다. 그건 수하들뿐만이 아니었다. 제갈천무 본인마저도 저 위천옥이라는 어린 괴물과 현격한 차이가 있었다.

방금도 그러했다.

그는 혈천노군의 말에 따라 위천옥과 같이 화평장 밖의 상황을 살폈지만 그 어떤 기척도 느낄 수가 없었던 것이었다. 결국 제갈천무는 살아남은 사람들을 한쪽으로 물러서게 하고는 저들의 동태를 살필 수밖에 없었다.

3장.
무아지경(無我之境)

'지금의 환몽검형은 불과 사오 성의 수준이다.
내 노력의 여하에 따라서 앞으로도 더 충분히 발전할 수,
성장할 수 있는 무공이다.
그리고 언젠가 십 성 수준의 환몽검형을 펼치게 된다면······.'
장예추는 애써 게서 생각을 멈췄다.

무아지경(無我之境)

1. 빌어먹을 형님이라니까!

잇따른 금강류하로 위천옥과 허신방에게 한 수 도움을 준 강만리는 다시 화군악과 장예추에게로 시선을 돌렸다.

이미 수좌(首座)를 잃은 금의인들이었지만, 외려 그래서인지 그들은 더욱더 악착같이 목숨을 걸고 화군악과 장예추를 공격했다.

아니, 좀 더 정확하게 표현하자면 지금 금의인들은 화군악과 장예추의 수비망을 뚫고서 강만리를 죽이기 위해 안간힘을 다하고 있다고 할 수 있었다.

화군악과 장예추는 그들이 자신들을 지나쳐 강만리에

게 당도하는 걸 철저하게 막았다.

행여 자신들을 우회하여 지나치려는 자들이 있을 때면 화군악은 무형검기(無形劍氣)를, 장예추는 두 개의 고리를 날려서 그들을 물러서게 만들었다.

"고생들이 많구나!"

강만리는 접전의 현장으로 뛰어들며 소리쳤다. 동시에 그의 두 손이 황금빛으로 물들었다.

"알아주시니 황공할 따름입니다!"

화군악이 소리치며 태극회선류를 펼쳤다.

"뒤로 물러나세요! 위험합니다!"

장예추가 소리치는 동시에 환몽검형(幻夢劍形)의 수법을 펼쳐서 막 강만리의 등 뒤로 접근하던 금의인의 팔을 잘랐다.

"고맙다!"

강만리는 거듭 소리치는 동시에 금의인들이 포진한 복판으로 몸을 날렸다. 그 무식하고 위험해 보이는 광경에 놀란 화군악과 장예추가 동시에 소리쳤다.

"아니, 도대체 무슨 짓을 하는 겁니까?"

"물러나시라니까요!"

반면 금의인들은 이게 무슨 행운이냐 싶었다.

반드시 죽이고 싶던 자가 외려 자신들의 포진 속으로 뛰어들다니, 그야말로 물고기가 뱃전으로 날아든 격이라

할 수 있었다.

"죽어라!"

"각주의 원수를 갚자!"

금의인들은 저마다 소리치며 강만리를 향해 덤벼들었다. 이내 강만리의 모습이 금의인들에게 뒤덮여 보이지 않게 되었다.

"젠장!"

"빌어먹을 형님이라니까!"

놀란 장예추와 화군악이 욕설을 퍼부으며 달려들었다.

그들은 자신들이 펼칠 수 있는 최고의 무공을 금의인들에게 쏟아부었다. 그 순간 주변이 새하얀 검광으로, 새파란 검기로 뒤덮였다.

금의인들이 발작적으로 검과 칼을 휘둘러 장예추와 화군악의 검을 막는 가운데, 느닷없는 일이 발생했다.

강만리의 모습이 보이지 않을 정도까지 뒤덮었던 금의인 무리가 일시에 비명과 경악의 외침을 내지르며 사방으로 나가떨어진 것이었다.

강만리를 구출하고자 달려들던 장예추와 화군악까지 움찔 놀라는 가운데, 모습을 드러낸 강만리의 전신은 은은한 황금빛으로 물들어 있었다.

하지만 그 황금빛 광채는 이내 몸속으로 갈무리되더니 다시 눈빛만 형형하게 빛났다.

사방으로 나가떨어진 금의인들의 수는 대략 십여 명, 그들은 바닥에 쓰러진 채 굼벵이처럼 꿈틀거리고 있었다. 그 짧은 순간, 도대체 무슨 일이 일어난 것인지 아무도 알 수가 없었다.

반면 십여 명을 한꺼번에 쓰러뜨린 강만리는 게서 멈추지 않았다. 그는 마구잡이처럼 손을 휘둘러 주변 금의인들의 팔을 낚아채거나 어깨를 붙잡았다.

강만리의 손이 몸에 닿는 순간, 금의인들은 마치 뜨거운 불에 덴 듯한 고통을 느끼며 몸부림쳐야만 했다.

금의인들은 기겁하며 강만리의 손을 피해 도망치려 했다.

하지만 강만리의 팔은 마치 연체동물의 그것처럼 도저히 꺾일 수 없는 방향으로 꺾이면서 금의인들을 낚아챘다.

또한 놀랍게도 평소의 팔 길이보다도 두 배가량이나 쭉 늘어나면서 멀리 떨어져 있는 자들의 목덜미를 쥐기도 하였다.

놀란 금의인들은 병장기를 휘둘러 그의 팔을 자르려 했지만, 강만리의 팔은 마치 고무처럼 출렁이면서 상대의 병장기를 미끄러지게 했다.

그 믿을 수 없는 광경에 당황하여 걸음을 멈춘 화군악이 뭔가 생각났다는 듯이 입을 열었다.

"유가미륵심공?"

장예추가 그를 돌아보며 물었다.

"유가미륵심공이라니?"

"음? 내가 미처 이야기하지 않았었나? 아…… 그리고 보니 설 형님에게만 이야기했나 보네."

화군악은 강만리에게서 시선을 떼지 않은 채, 과거 서안에서 훔쳤던 음양환희불상에 관한 이야기를 짧게 설명했다. 장예추 또한 강만리의 그 믿을 수 없는 놀라운 신위를 지켜보며 화군악의 이야기를 들었다.

설명을 마친 화군악이 문득 한숨을 쉬며 중얼거렸다.

"유가미륵심공에 저런 위용이 있는 줄 알았더라면 나도 열심히 수련할 걸 그랬나 봐."

"아무래도 그것만이 아닌 것 같다."

장예추의 말에 화군악이 그를 돌아보며 물었다.

"그것만이 아니라니?"

"조금 전 강 형님의 전신을 휘감았던 금빛 광채, 기억나?"

"응. 그게 유가미륵…… 아, 설마……!"

"그래. 금강철마존의 심공이 이제 완벽하게 형님의 것이 된 것 같아. 거기에 유가미륵심공이 더해진 것이고."

"아아, 그래서 저런 위력을 발휘하는 거로구나."

화군악은 전장으로 다시 고개를 돌렸다.

강만리는 마치 하늘에서 내려온 천상대장군(天上大將軍)이 뭇 마귀들을 때려잡는 것처럼 금의인들을 마구 낚아채고 있었다.

"흥! 형님만 활약할 수는 없지!"

화군악은 잠시 강만리의 활약을 지켜보다가 이내 코웃음을 치며 지면을 박차고 날아올랐다. 동시에 그의 애검 군혼에서 예리한 검광이 번뜩이나 싶더니 이내 번쩍! 하면서 천지를 새하얗게 물들였다.

살아 있는 자들은 다들 그 엄청난 섬광에 차마 눈을 뜨지 못한 채 고개를 돌려야만 했다.

그렇게 군혼에서 시선을 뗀 자들은 이어지는 군혼의 화려한 검무(劍舞)가 자신들의 목을 베고 심장을 뚫는 줄도 모른 채 목숨을 잃고 말았다.

장예추도 가만히 있지 않았다.

그는 호흡을 가다듬으며 검을 들었다. 그의 검에서 열두 가닥의 검기가 뻗어 나오더니, 이내 그 모든 검기는 완벽한 곡선을 이루며 사방으로 흩어졌다.

그건 스스로의 깨달음에다가 제왕검해를 얹혀서 창안한 검법, 바로 환몽검형이었다.

기실 초절정의 내공을 지닌 고수라면 검기나 검강을 펼칠 수 있었다.

그러나 그 검기와 검강이 곡선을 이루며 자유자재로 허

공을 날게 만드는 건 아무리 초절정의 고수라 한들 절대 쉬운 일이 아니었다.

그건 또 하나의 벽을 넘어서야만 비로소 가능한 일이었다. 그리고 장예추는 소림사 참회동의 깨달음을 통해 비로소 완벽해진 환몽검형을 시연할 수가 있었던 것이었다.

'아니, 이게 다가 아니다.'

장예추는 자신의 환몽검형의 검기에 팔이 잘리거나 어깨를 관통당한 채 비틀거리는 금의인들을 바라보며 내심 중얼거렸다.

'지금의 환몽검형은 불과 사오 성의 수준이다. 내 노력의 여하에 따라서 앞으로도 더 충분히 발전할 수, 성장할 수 있는 무공이다. 그리고 언젠가 십 성 수준의 환몽검형을 펼치게 된다면……'

장예추는 애써 게서 생각을 멈췄다.

하지만 그의 뇌리에는 저도 모르게 천하제일인(天下第一人)이라는 다섯 글자가 똑똑하게 각인되어 있었다.

2. 금강불괴(金剛不壞)

강만리는 지금 말 그대로 무아(無我)의 경지(境地)에서 싸우는 중이었다.

 금강신기(金剛神氣)를 손에 두른 채 금의인들의 포진 속으로 뛰어들 때까지만 하더라도, 강만리는 그 금강신기로 금황파천격이나 마라수타십이박, 연환칠십이곤격쇄 등의 무공을 펼쳐서 상대의 진영을 와해시킬 작정이었다.

 하지만 막상 금의인들의 포진 속으로 뛰어드는 순간 그들의 저항이 만만치 않았다. 순식간에 십여 명의 금의인이 동시에 칼과 검을 내지르며 강만리를 공격했다.

 강만리는 당황하여 제대로 반격을 할 수 없었고, 우선 호신강기를 끌어올려 적들의 공격을 막는 데 집중했다. 그의 내부에서 변화가 생긴 건 바로 그때였다.

 강만리가 금강신공(金剛神功)을 끌어올려 호신강기로 변환하는 순간, 그의 단전에 잠재되어 있던 유가미륵심공이 동시에 기맥을 타고 사방으로 흩어졌다.

 바로 그게 유가미륵심공과 금강신공이 하나로 합쳐지는 순간이었다.

 기묘하게도 강만리의 전신이 금빛 광채로 물들어 가기 시작했다. 그 광채가 강만리의 피부를 뒤덮게 되자, 금의인의 칼과 검이 저절로 튕겨 나가게 되었다.

 어찌 된 영문인지도 모른 채 금강불괴(金剛不壞)의 위용을 얻게 된 강만리는 당황하여 어쩔 줄 몰랐지만, 지금

보다 더 좋은 기회는 없다는 생각에 정신을 차리고 금의인들을 공격하기 시작했다.

금강신공을 바탕으로 펼치는 유가미륵심공의 움직임은 그야말로 변화무쌍(變化無雙), 공수난측(共守難測), 신묘막측(神妙莫測)하여 그 누구도 종잡을 수가 없었다.

천하의 금의인들조차 강만리의 손놀림을 피하지 못한 채 팔뚝을 낚아채이거나 어깨를 잡히거나 심지어 목덜미까지 잡혀야만 했다.

그리고 그게 전부가 아니었다.

강만리의 손은 금강신기로 뒤덮여 있었고, 그의 손이 움켜쥔 부위는 그 금강신기의 한없이 뜨거운 열기에 불탄 듯한 흔적이 남았다. 털과 피부가 불에 타들어 가며 발생하는 고약한 누린내가 사방으로 퍼졌다.

그렇게 순식간에 십여 명의 금의인을 쓰러뜨린 후에도 강만리는 여전히 적을 찾아 미친 듯이 손을 휘두르고 뻗었다. 심지어 광기(狂氣)까지 느껴지는 움직임이었다.

그때였다.

"그만하세요!"

"이제 끝났습니다!"

귀에 익은 목소리가 무아지경에 빠져 있던 강만리의 귓전으로 흘러들었다.

그제야 강만리는 퍼뜩 정신을 차리고 손을 멈췄다. 그

의 눈에 일렁이던 황금빛 광채가 천천히 빛을 잃었다.

원래의 눈동자 빛으로 돌아온 강만리는 주변을 둘러보았다. 동시에 그의 눈이 휘둥그레졌다.

"뭐야, 이게?"

믿을 수 없는 광경이었다.

수십 명의 금의인이 모두 바닥에 널브러진 채 신음을 흘리고 있거나 혹은 전혀 미동도 하지 않았다. 그 금각의 고수들이 모두 죽거나 혹은 중상을 입은 채 쓰러져 있는 것이었다.

"너희들이 한 거야?"

강만리는 화군악과 장예추를 돌아보며 물었다. 이번에는 화군악과 장예추의 눈이 휘둥그레졌다.

"어라? 기억이 안 나시는 겁니까?"

화군악이 물었다. 강만리가 고개를 끄덕이며 대꾸했다.

"그래. 놈들 한복판으로 뛰어든 것까지는 생각이 나는데…… 그다음에 어떻게 되었는지 전혀 기억이 나질 않네."

"오오. 진짜 무아지경(無我之境)에서 싸우셨나 봅니다."

화군악이 감탄하듯 말했다.

"무아지경?"

"네. 어느 일정한 한계를 뛰어넘게 되면 들어서는 영역이 바로 무아지경이라고 하던데, 조금 전 형님은 그 경지에서 싸우셨던 모양이군요."

"흐음."

강만리는 잠시 기억을 더듬었다.

확실히 한순간 자신의 몸속에서 급격한 변화가 일어났다는 건 알 수 있었다. 그러나 그 급격한 변화가 금강신공과 유가미륵심공의 절묘한 융합과 조화 때문이라는 건, 지금의 강만리는 알지 못했다.

"어쨌든 전황은?"

강만리는 주위를 둘러보았다.

수십 장 밖에서 아직도 위천옥과 무적가 고수들이 싸우고 있었다. 그 와중에 세 명의 노인이 담장을 훌쩍 뛰어넘어 합세하기 시작했다.

"호오. 그 호로인가 뭔가 하는 늙은이들은 모두 해치웠나 보네."

지켜보던 강만리의 눈빛이 반짝였다. 화군악이 가늘게 눈살을 찌푸리며 말했다.

"하지만 저 세 노마들께서도 상당한 대가를 치른 모양입니다. 하나같이 온전한 분이 없네요."

"그럼 우리는 진짜 선전한 게로군. 누구 하나 크게 다치지 않았으니까."

"그럼 이제 우리가 합류하면 이 싸움은 곧 결말이 나겠군요. 우리의 완벽한 승리로 말입니다."

화군악이 어깨를 으쓱거리며 그렇게 말할 때였다. 장예추의 얼굴이 한순간 크게 일그러졌다.

"젠장. 아무래도 쉽게 결말이 나지는 않을 것 같다."

"응?"

화군악이 그게 무슨 말이냐는 표정을 지으며 장예추를 돌아보았다.

이때 장예추는 위천옥이 싸우는 현장이 아닌, 화평장 정문 쪽을 주시하고 있었다. 화군악의 시선도 장예추를 따라 정문 쪽으로 향했다.

일순 그의 얼굴이 일그러졌다. 화군악 또한 장예추와 마찬가지로 이곳 화평장을 향해 빠르게 다가서는 백여 개의 인기척을 느꼈던 것이었다.

"건곤가와 금해가인가?"

그렇게 중얼거리는 화군악의 표정이 심상치 않았다. 아무래도 공간과 거리를 가르며 날아오는 자들의 기척이 절대 범상하지 않은 모양이었다.

"글쎄."

짧게 대답한 장예추는 곧 강만리를 돌아보며 말했다.

"이 정도에서 물러나야 할 것 같습니다. 지금 우리가 싸웠던 금의인들보다 강한 고수들 백여 명이 빠른 속도로 모여들고 있습니다."

"으음."
강만리는 살짝 난감하다는 표정을 지으며 물었다.
"상대하기 어려울까?"
"어려울 것 같습니다."
장예추는 솔직하게 말했다.
"지금처럼 체력이 떨어지고 내공이 소모된 상황에서 또 다른 고수들을 상대하는 건 확실히 힘듭니다."
강만리는 고개를 끄덕였다.
확실히 지금 자신들은 평소의 체력과 내공이 아니었다. 지금 상황에서 새로운 고수 백여 명과 싸우게 된다면 패배할 확률이 최소한 구 할 이상은 될 게 너무나도 뻔했다.
장예추는 계속해서 말을 이었다.
"무엇보다 저 세 노마가 철목십삼호로를 상대로 싸울 때와 같은 신위를 펼치지 못할 테니까요. 우리 전력의 절반이라 할 수 있는 노마들이 저 지경이라면 반드시 패하게 될 겁니다."
"으음. 확실히 그렇게 보이기는 해."
혈천노군과 유령신마, 무상검마는 온통 피투성이였다. 물론 상대의 핏물이 절반 이상은 차지하고 있었지만 그들 또한 적잖은 부상을 입고 있었다.
특히 유령신마의 경우, 깊게 찢어진 옆구리에서 내장까

지 언뜻 내비치고 있지 않은가.

"어쩔 도리가 없나?"

강만리는 입술을 깨물며 위천옥 쪽으로 시선을 돌렸다.

공적십이마의 세 노마도 그 기척을 인지한 듯 위천옥과 말다툼을 벌이고 있었다.

보아하니 위천옥은 적의 모습을 보지도 않고 도망친다는 건 곧 자신의 체면과 자존심은 물론 존엄(尊嚴)까지 해치는 일이라고 주장하는 것 같았다.

"바보 같은 녀석."

강만리는 그렇게 중얼거리다가 이내 허신방을 향해 크게 외쳤다.

"허 노야! 우리가 할 수 있는 일은 다 한 것 같소!"

위천옥 옆에 서 있던 허신방이 그를 돌아보았다. 강만리가 재차 소리쳤다.

"오대가문을 상대로 대승을 거뒀으니 우리는 이 정도에서 물러서고자 하오!"

아닌 게 아니라 대승이었다. 아직 버티고 살아남은 제갈천무 일당을 제외하고는 각 가문이 자랑하는 최고의 정예들 대부분 쓰러뜨렸으니까.

허신방도 힐끗 정문 쪽으로 시선을 돌렸다가 위천옥에게 뭔가 조언을 건넸다.

그 광경을 지켜보면서 강만리는 아우들에게 말했다.
"그럼 우리는 이만 물러서자."
"네!"
화군악과 장예추가 기다렸다는 듯이 대꾸하고는 곧장 후원 쪽으로 몸을 날렸다. 그 뒤를 따라서 지면을 박차려던 강만리는 문득 허공 어딘가를 돌아보며 크게 소리쳤다.
"후퇴하는 겁니다!"
강만리는 그렇게 외치며 두 아우의 뒤를 따라 내당의 후원을 향해 신형을 날렸다.
화평장은 일반 장원의 서너 배나 될 정도로 거대한 규모와 어지러운 구조를 자랑하고 있었지만, 강만리 일행은 그 누구보다도 화평장의 내부에 관해 속속들이 알고 있었다.
당연한 일이었다. 이 화평장의 주인은 바로 그들이었으니까.
그들은 한달음에 후원에 당도했고, 기척들이 느껴지지 않는 방향을 잡아서 화평장을 빠져나갔다.

3. 원로(元老)

망루 꼭대기에 홀로 서 있던 담우천은 순식간에 수백여 장 거리를 돌파하여 화평장 담장을 메뚜기처럼 뛰어넘는 이들을 내려다보고 있었다.

무려 백여 명이 넘는 자들이 달려오고 있음에도 불구하고 그 어떤 잡음 하나 들리지 않았다. 지면을 내딛는 발소리도, 거친 호흡도, 바람을 가르는 파공성도 전혀 없었다.

상대가 혈천노군 같은 노괴물이 아니고, 또 장예추와 같은 초절정의 고수가 아니었다면 그 누구도 이들이 화평장 담장까지 접근하는 걸 전혀 눈치채지 못했을 터였다.

"이런."

그들의 면면을 확인한 담우천의 입이 절로 벌어졌다.

"알고 보니 건곤가와 금해가가 아니라 태극천맹의 원로들이 쳐들어왔군그래."

놀랍게도 지금 계속해서 화평장의 담을 뛰어넘으며 내부로 날아드는 자들은 하나같이 백발과 백염이 성성한 노인들로, 이른바 태극천맹의 백팔원로원(百八元老院)에 속해 있는 노기인들이 모두 몰려든 것 같았다.

게다가 그뿐이 아니었다.

"으음. 전왕 한백남에다가 도왕(刀王), 권왕(拳王)……."

그렇게 중얼거리던 담우천의 무심하던 눈빛이 한번 크

게 출렁거렸다.

"이제 다 나으신 겐가?"

그가 내려다보는 정문 쪽, 마침 한 명의 노인이 검을 품에 안은 채 허공을 날아오고 있었다.

그는 바로 검왕, 무정검왕 목부강이었다. 수년 전 담우천과의 일전(一戰)에 의해 목숨을 잃을 정도의 중상을 당했던 바로 그 검왕이었다.

놀랍게도 지금 화평장의 담을 뛰어넘는 무리 중에는 이른바 군림십왕(君臨十王)이라 불리는 당대 최고의 고수들이 섞여 있었다.

무정검왕 목부강을 위시하여 화군악들의 뒤를 쫓던 무적전왕(無敵戰王) 한백남, 그리고 패도천왕(覇刀天王), 십전궁왕(十全弓王), 거기에 권왕까지…….

어쩌면 무림십왕 모두가 이번 공세에 합류했는지도 모르는 일이었다.

"아무래도 지금은……."

물러서야 할 때라고 담우천은 생각했다.

빠르게 날아드는 백여 명의 노기인들 하나하나가 저 철목십삼호로에 비해 전혀 뒤지지 않는 고수들이었다. 특히 무림십왕의 경우에는 담우천조차도 목숨을 걸고 싸워야 하는 절대고수들이 아니던가.

바로 그때였다. 막 담장을 뛰어넘으려던 무정검왕 목부

강이 문득 무언가를 느꼈는지 고개를 돌려 망루 제일 높은 곳을 쳐다보았다.

담우천은 저도 모르게 움찔거렸다.

지금 망루에서 무정검왕이 달리는 곳까지의 거리는 약 삼십여 장. 게다가 햇볕은 망루 쪽에서 무정검왕의 방향을 향해 강하게 내리쬐고 있는 상황에서 무정검왕은 그 거리를 격한 채 망루의 기둥 뒤에 숨어 있던 담우천의 기척을 알아차린 것이었다.

'역시 목 교두……'

누구도 눈치채지 못한 자신의 기척을 알아차린 목부강에 대해서 그렇게 담우천이 감탄하고 있을 때였다. 내당 안쪽에서 강만리의 우렁찬 고함이 희미하게 들려왔다.

"후퇴하는 겁니다!"

담우천의 눈빛이 반짝였다.

강만리들도 이미 저 태극천맹 원로들의 기세를 알아차린 것이었다. 그렇다면 예서 머뭇거릴 필요는 이제 없었다.

담우천은 곧바로 망루를 벗어나려다가 문득 걸음을 멈췄다. 그러고는 다시 정문 쪽으로 시선을 돌리고 무언가를 생각하더니 이내 쇠뇌를 잡았다.

'갈 때 가더라도 인사 한번 정도는 해 두는 게…….'

쇠뇌에는 이미 장창(長槍)처럼 거대한 쇠화살이 장착되

어 있었다. 바로 호로들을 대경실색하게 만들었던 바로 그 쇠화살이었다.

 담우천은 살짝 고민하다가 목표물을 정하고는 그대로 쇠뇌의 방아쇠를 잡아당겼다. 일순 천지가 파열하는 듯한 파공성과 함께 쇠화살이 쏘아졌다.

 콰아앙!

 요란한 파공성과 함께 쇠화살은 삼십여 장 거리를 순식간에 돌파하여 목표물에 정확하게 꽂혔다.

 바로 그 순간, 꼬치가 될 줄 알았던 목표물이 들고 있던 대궁(大弓)을 크게 휘저으며 쇠화살을 튕겨 냈다. 그러고는 한없이 매서운 눈빛으로 방금 쇠화살이 쏘아졌던 망루를 쏘아보았다.

 망루에는 이미 그 어떤 기척도 없었다. 쇠뇌를 쏘자마자 담우천은 신기루처럼 그 자리에서 사라졌고, 홀로 남은 쇠뇌만이 바람에 흔들리듯 미묘하게 움직이고 있을 뿐이었다.

 "흥!"

 담우천이 노렸던 자, 선풍도골(仙風道骨)의 노인이 코웃음을 쳤다. 바로 이 노인이야말로 천하에서 가장 활을 잘 쏜다는 십전궁왕이었다.

 "적의 암수(暗手)로군."

 근처에 있던 노인 한 명이 지면 깊숙이 박힌 거대한 쇠화살을 내려다보며 말했다.

십전궁왕은 담우천이 사라진, 쇠뇌만이 삐걱거리고 있는 망루에서 시선을 떼지 않은 채 말을 받았다.

"겨우 쇠화살 하나로 나를 죽이려 들다니, 너무 나를 무시했군그래."

동료인 듯한 노인이 고개를 끄덕였다.

"하기야 그 철시십관(鐵矢十貫)의 쇠화살 수십 발도 왕형의 옷깃 하나 뚫지 못했는데 말이오."

철시십관은 한때 십전궁왕에 가장 근접한 무위를 지닌 궁사(弓師)라고 알려졌다. 하나의 쇠화살로 기러기 열 마리의 목을 꿰뚫었다고 붙여진 별호가 바로 철시십관이었다.

그다지 많은 사람이 알고 있지 않은 비화에 따르자면, 십여 년 전 철시십관은 십전궁왕에게 도전장을 낸 적이 있었다.

당시 철시십관은 자신의 모든 절기를 동원하여 십전궁왕을 이기려 했지만, 그의 쇠화살은 십전궁왕의 옷깃 한 번 스치지 못한 채 처참한 패배를 당하고 말았다.

이후 철시십관은 악양부에서 펼쳐졌던 시가전(市街戰)에서 결국 장예추에 의해 목숨을 잃게 되었으니, 적어도 향후 백 년간은 십전궁왕의 위명에 도전할 궁사는 존재하지 않을 게 분명했다.

"뭐, 굳이 꼭 집어서 나를 암살하려 한 것으로도 놈의 눈썰미가 대단하다는 것 정도는 인정해 줄 수 있겠군."

십전궁왕은 오만한 어조로 그렇게 말했다. 동료 노인이 고개를 끄덕였다.

"하기야 왕 형의 눈에 보이지 않는 화살처럼 상대하기 어려운 게 없을 테니까. 특히 난전이 될수록 말이오."

"흠. 그건 다시 말해서 내 실력을 이미 잘 알고 있다는 말과 다르지 않은데……."

문득 십전궁왕은 고개를 갸웃거렸다.

"이상하군그래. 지금껏 내 화살 앞에서 살아남은 적이 없는데, 어찌 내 실력을 알고 있을까?"

"그렇다면 설마…… 예전에는 우리와 같은 편이었을 수도."

동료 노인의 말에 십전궁왕의 눈이 반짝였다. 누군가 떠오른 인물이 있는 것이었다.

아니나 다를까. 십전궁왕은 크게 고개를 끄덕이며 말했다.

"호오. 사선행수, 그 애송이였던 게로구나."

그렇게 자신을 향해 쇠화살을 날린 자가 누구인지 단언한 십전궁왕은 피식 실소를 흘리며 말을 이었다.

"그렇다면 이곳에 무림오적이 있다는 정보는 틀리지 않은 게로군. 역시…… 비선(秘線)의 정보력은 인정해 줘야겠군. 허허허. 이것 참 멀리 온 보람이 있군그래."

노인은 꽤 신이 난 듯 중얼거리면서 다시 지면을 박차

고 허공을 날았다.

하기야 어쩌면 당연한 일인지도 몰랐다.

십여 년 전 철시십관 이후로 감히 천하의 십전궁왕에게 도전한 이가 단 한 명도 없었으니까. 그 십여 년 세월을 무료하게 보내야만 했으니까.

적의 목을 노리고 활시위를 잡아당길 때의 집중력과 긴장감. 모든 걸 한껏 응축했다가 한순간 활시위를 놓을 때 폭발하는 해방감.

그리고 노렸던 목표물을 정확하게 꿰뚫었을 때의 성취감, 승리감은 곰이나 호랑이를 상대해서는 절대 느낄 수 없는 쾌감이었다.

그리고 십전궁왕은 근 십여 년 동안 남녀 간의 정사보다 짜릿한 그 쾌감을 느껴 보지 못했다. 당연히 신이 날 수밖에 없는 것이었다.

"같이 가오!"

동료 노인도 뒤질세라 경공술을 발휘, 화평장 본원으로 날아갔다.

쇠화살로 인해 잠시 발길이 묶여 있던 동안 어느새 그들이 무리의 가장 후미에 있었다. 본당으로 향하는 그들의 경공술은 그 어느 때보다도 빠르고 날렵했다.

4. 무료(武了)

 루호는 십삼매를 품에 안은 채 버드나무길 골목을 빠져나와 대로로 들어섰다.
 때는 한여름의 오후, 대로를 오가는 행인들은 적었지만 그들 모두 생전 처음 보는 광경에 눈을 휘둥그레 뜬 채 루호와 십삼매를 돌아보았다.
 아무리 남녀 구별이 예전 같지 않은 세상이라지만, 그래도 사내가 다 큰 여인을 품에 안은 채 달려가는 광경은 매우 희귀했다. 최소한 앞으로 반년 정도는 술안주 삼아서 매번 입에 오를 만한 광경이었다.
 루호는 주변 사람들의 시선을 아랑곳하지 않은 채 빠르게 대로를 가로질러 홍화루로 향했다.
 홍화루는 북원삼 삼거리에 있는 고급 기루였고, 여느 기루가 다 그러하듯 햇볕이 붉은빛으로 변할 무렵에야 영업을 시작하는 만큼 홍화루 또한 아직 문을 열지 않았다. 몇몇 점소이들만이 나와서 홍화루 정문과 앞길을 쓸고 닦는 중이었다.
 "고마워요."
 어느새 삼거리 근처에 당도한 십삼매가 루호에게 말했다. 이제 품에서 내려 달라는 의미였다.
 루호는 말없이 경공술을 멈추고 그녀를 품에서 내려 주

었다. 그러고는 곧바로 몸을 돌려 화평장으로 달려가려고 했다.

"잠깐만요."

십삼매가 그를 잡았다. 루호가 고개를 돌렸다. 십삼매는 부드러운 미소를 띤 채 고개를 저었다.

"가면 안 돼요."

루호의 눈썹이 꿈틀거렸다. 십삼매가 재차 말했다.

"가도 이미 늦었을 거예요."

루호는 잠시 그녀의 아름다운 얼굴을 바라보다가 무뚝뚝하게 말했다.

"늦었어도 가 봐야 합니다."

"아뇨. 허 노야는 절대 당신이 그곳으로 되돌아오기를 바라지 않을 거예요."

"그걸 십삼매께서 어찌 아십니까?"

루호의 질문에 십삼매는 묘한 미소를 흘리면서 몸을 돌렸다.

"허 노야가 제게 그리 말했으니까요."

"허 노야께서 언제 그런 말씀을 하셨습니까? 저는 듣지 못했습니다만."

"궁금하시면 따라오세요."

십삼매는 곧장 거리를 건너 홍화루로 향했다. 홍화루 입구를 청소하던 점소이들이 그녀를 보고 황급히 고개를 조아렸다.

 루호는 그녀의 하늘거리는 뒷모습을 물끄러미 바라보다가 다시 몸을 돌려 화평장으로 달려가려고 했다.

 그때였다. 루호의 귓전으로 십삼매가 희미하게 중얼거리는 목소리가 들려왔다.

 "허 노야의 유언(遺言)이었답니다."

 일순 루호는 걸음을 멈췄다.

 그는 입술을 깨물었다. 격정적으로 생긴 그의 얼굴 근육이 딱딱하게 굳어졌다.

 하지만 그게 전부였다. 이내 그의 표정은 원래의 그것으로 돌아왔고, 그는 말없이 지면을 박차며 경공술을 펼쳤다. 조금 전 이곳으로 달려왔을 때보다 훨씬 더 빠른 경공술이었다.

 십삼매는 점소이들의 안내를 받으며 홍화루로 들어섰다. 그녀가 안으로 들어서자 덜컹, 소리와 함께 문이 닫혔다. 루호는 돌아오지 않았다.

 잠시 입구 앞에 서서 루호를 기다리던 십삼매는 결국 길게 한숨을 쉬며 고개를 설레설레 흔들었다.

 "역시…… 자살하겠다는 사람을 말릴 방법은 없는 거겠죠. 약속을 지키지 못하게 되어서 미안해요, 허 노야."

 그렇게 중얼거린 십삼매는 곧 표정을 바꾸며 냉엄한 목소리로 말했다.

"지배인은 곧장 백야(伯爺)들을 불러 모으세요!"

그것은 곧 천하 모든 정보를 쥐락펴락하는, 무림오적을 키우고 소야를 만들어 내서 오대가문과 태극천맹을 무너뜨리고자 하는 황계의 총계주, 십삼매의 지엄한 명령이었다.

십삼매가 왔다는 보고를 받고 후다닥 달려 나온 지배인은 그녀의 냉엄한 표정에 화들짝 놀라며 고개를 숙였다.

"바로 명을 따르겠습니다, 총계주."

지배인은 오던 길을 되돌아 곧장 기루 후문 쪽으로 달려 나갔다.

십삼매는 점소이의 안내를 받아 창가 쪽 자리에 앉았고, 또 다른 점소이가 시원한 찻물을 가지고 와서 그녀에게 따라 주었다.

그녀가 막 한 잔 찻물을 마시며 갈증을 달래려고 할 참이었다. 아직 영업이 시작하지도 않은 홍화루의 문이 열리고 한 사내가 들어섰다.

점소이가 황급히 그의 앞을 가로막으며 말했다.

"죄송하지만 아직 영업 시간이…… 앗? 진 형님 아니십니까?"

"그래, 나다."

"아이쿠, 성도부에는 언제 또 오셨답니까?"

"오늘 막 온 참이다. 그래, 도 지배인은?"

"방금 십삼매의 지시를 받고 밖으로 나가셨습니다."
"십삼매?"
"네. 아!"

점소이는 그제야 길을 비켜 주었다. 창가 쪽 자리에 홀로 앉아서 차를 마시는 십삼매의 고혹한 모습이 비로소 사내의 시야에 들어왔다.

사내의 눈살이 가늘게 찌푸려졌다. 반면 십삼매는 언제 냉엄하고 쌀쌀한 표정을 지었느냐는 듯이 반가운 미소를 띠며 사내에게 손짓했다.

"어서 와요, 무료(武了)."

무료라 불린 사내, 화평장에서는 진 당주라는 직책으로 불리는 진재건은 내심 한숨을 쉬며 고개를 숙였다.

'정말이지, 동에서 번쩍 서에서 번쩍한다니까.'

진재건은 고개를 숙인 채 말했다.

"오랜만에 뵙습니다, 십삼매."

"그러니까요. 유주에서 보고 처음이니까요. 이리로 와서 앉으세요."

"감사합니다."

진재건은 성큼성큼 걸어가 그녀의 맞은편 자리에 앉았다. 점소이가 눈치 빠르게 찻잔 하나를 가져와 진재건의 앞에 내려놓고는 그대로 사라졌다.

십삼매가 그에게 차를 따르며 입을 열었다.

"내가 여기 있을 줄 알고 찾아오지는 않은 것 같은데요."

진재건이 정중하게 대답했다.

"혈천노군 어르신들과 함께 화평장으로 가셨다는 이야기를 소홍 아가씨에게 들었습니다."

"그럼 굳이 화평장이 아닌 이곳을 찾았다는 건 역시 백야들을 부르기 위함인가요?"

"네. 아무래도 뭔가 위험하다는 생각이 들어서 말입니다. 마침 화평장으로 강 장주들이 가셨거든요."

"아, 강 오라버니들이라면 그곳에서 만났어요. 뭐, 물론 워낙 상황이 상황인지라 다른 이야기는 나누지 못했지만요."

십삼매는 차를 한 잔 마시며 갈증을 달랜 다음 계속해서 말을 이어 나갔다.

"안 그래도 도 지배인에게 지금 막 백야들을 불러 오라고 한 참이었어요. 그러니 무료도 예서 그들을 기다리는 게 나을 거예요."

"강 장주들은 괜찮습니까?"

"호오. 이제 나보다는 오라버니들의 안위가 더 궁금한가 보죠?"

"아, 그건 아닙니다. 십삼매가 건재한 건 지금 눈으로 확인할 수 있으니까요."

"괜찮아요. 상관없어요. 아니, 나보다 그분들을 더 걱정하는 게 지금 무료의 입장상 당연한 일이니까요. 그래요. 오라버니들은 괜찮을 거예요. 적어도 내가 그곳을 빠져나올 때까지의 상황만으로는요."

십삼매는 살짝 눈살을 찌푸리며 말했다.

"물론 철목십삼호로에 금막의 고수들, 그리고 무적가의 삼신구백이십칠경이 모두 모였지만 그래도 우리 병력 역시 만만치 않으니 충분히 싸워 이길 수 있을 거예요. 물론 거기에다가 또 다른 적, 그러니까 가령 건곤가나 금해가의 고수들, 혹은 태극천맹의 원군이 당도한다면 또 달라지기는 하겠지만 말이죠."

진재건의 무심한 표정 속에 당혹스러운 기색이 살짝 떠올랐다가 사라졌다.

십삼매는 별것 아니라는 투로 말하고 있었지만 지금의 화평장은 생각보다 훨씬 더 위험한 복마전(伏魔殿)으로 변해 있었다.

"아, 그럼 만해거사와 담호는요?"

"그들은 지금…… 이런!"

진재건은 십삼매 앞이라는 사실도 잊은 채 자리에서 벌떡 일어나며 소리쳤다.

"지금 그들은 화평장으로 가는 중입니다!"

동시에 십삼매의 안색도 급변했다. 진재건이 다급하게 말을 이었다.

"제가 먼저 자리를 떴으니 아직 시간이 있습니다. 지금이라도 달려간다면 그들이 버드나무길에 들어서기 전에 막을 수 있습니다."

진재건은 그렇게 말하며 십삼매의 얼굴을 바라보았다. 빨리 명령을 내려 달라는 초조함이 진재건의 얼굴 가득 담겨 있었다.

십삼매는 저도 모르게 한숨을 내쉬었다.

'이제 화평장 사람이 다 되었네.'

무료 진재건은 십삼매의 심복 중의 심복이었다.

황계에는 그녀가 자신의 등을 내줄 수 있는, 심장을 맡길 수 있는 다섯 명의 충신이 있었다.

평소 황계로 날아드는 모든 정보들을 관리하는 동시에 중요한 것들만 추려서 십삼매에게 보고하는 무영(武影)이 그중 한 명이고, 평소에는 성도부 승선포정사사 우참정의 신분으로 나랏일을 돌보는 무군(武君)이 또 다른 한 명이었다.

그리고 대륙 전역을 떠돌아다니면서 각 지부의 상황을 살피거나 십삼매의 지시를 전하는 역할을 하는 노인은 무옹(武翁)이라 하였고, 한때는 객잔의 점소이 신분으로 위장했다가 한쪽 팔이 잘린 왕일문 역시 십삼매의 심복 중 한 명으로 곧 무문(武門)이라 불렸다.

그리고 마지막 남은 한 명이 바로 이 무료 진재건이었다.

다섯 심복 중 가장 뛰어난 무위를 지녀서 평소에는 홀로 십삼매의 호위를 맡을 정도로 그녀의 신임을 얻은 자.

동시에 황계에서 가장 강한 고수들인 십이백야(十二伯爺) 중 한 명이며 십삼매의 밀명을 받아 화평장의 호원무사로 잠입, 강만리들의 근황을 보고하는 임무를 맡은 자 역시 이 무료 진재건이었다.

십삼매의 마음이 싱숭생숭해진 건 그런 진재건이 지금은 그녀보다 강만리들에게, 화평장 사람들에게 더 애착을 보이는 것처럼 느껴졌기 때문이었다.

십삼매는 빙긋 웃으며 고개를 끄덕였다.

"네, 그렇게 하세요."

"감사합니다, 십삼매."

진재건은 깍듯하게 인사하자마자 곧장 자리를 떠나 홍화루를 빠져나갔다.

십삼매는 그가 후다닥 밖으로 나가는 뒷모습을 보다가 가만히 한숨을 내쉬며 다시 찻잔을 들었다. 얼음처럼 차갑던 찻물이 미지근해졌다. 눈치 빠른 점소이가 다시 찻주전자를 가지고 나왔다.

"고마워요."

십삼매는 누구에게나 존대했고, 또 누구에게나 아름다운 미소를 보여 주었다.

그녀의 환한 미소를 본 점소이는 두근거리는 가슴을 애

써 억누르며 고개를 숙이고는 다시 자리를 떴다.

홀로 남게 된 십삼매는 점소이가 새로 가져온 차가운 찻물을 마시며 잠시 상황을 정리했다.

조금 전 그녀가 진재건에게 말했듯이 지금까지는 크게 불리한 상황이 아니었다.

하지만 만약 놈들의 원군이 아직 남아 있다면, 또 그 원군의 무력이 기존 철목십삼호로들 못지않다면 그때는 상당히 큰 문제가 될 수 있었다.

어쩌면 백야들로만 그들을 상대할 수 없는 상황이 될 수도 있었다. 역시 황백(黃伯)까지 불러 모아야 하는 것일까.

'이곳에 있는 황백의 수가 백여 명 정도였는데…….'

하지만 종리군의 오룡회(烏龍會) 때문에 궤멸당하게 된, 낙양을 비롯한 각 지부에서 다급하게 원군을 요청하는 바람에 그중 절반 가까운 황백이 지금 자리를 비운 상태였다.

십이백야와 오십여 명의 황백으로 과연 이 사태를 정리할 수 있을까?

한참을 고민하던 십삼매의 얼굴에 곤혹스러운 기색이 스며들 때였다.

덜컹!

문이 열리더니 이번에는 묘령의 아름다운 여인이 허겁

지겁 홍화루 안으로 뛰어 들어왔다.

문앞에 서 있던 점소이가 깜짝 놀라며 그녀를 막으려다가 이내 고개를 숙이며 말했다.

"소홍 아가씨께서 여기는 웬일이십니까?"

숨이 턱까지 찬 채로 달려온 어린 여인, 소홍은 헉헉 숨을 몰아쉬며 말했다.

"얼른, 십이백야와 황백 아저씨들을 모두 불러 모아 주세요. 큰일이 생겼어요!"

점소이는 당황한 얼굴로 그녀를 바라보다가 살짝 길을 터주었다. 그래도 소홍은 눈치채지 못한 채 애꿎은 점소이만 붙들고 계속해서 이야기했다.

"어서요! 도 지배인은 어디 있죠? 얼른 그에게 내 지시를 전하시라고요!"

"이제 그만됐다, 소홍아."

울상이 된 소홍의 귓전으로 부드럽고 달콤한 목소리가 들려왔다.

소홍은 깜짝 놀라 점소이 저편으로 시선을 돌렸다. 창가 쪽, 십삼매가 홀로 앉아서 우아하게 차를 마시고 있었다.

"어, 언니!"

그제야 십삼매를 발견한 소홍이 부리나케 그녀에게 달려가며 소리쳤다.

"아호가, 아호가……."

"알고 있단다."

십삼매가 웃는 낯으로 침착하게 말했다.

"이미 무료를 보냈으니 더는 걱정하지 않아도 된다. 그러니 여기 앉아서 차가운 차를 마시며 그들이 무사히 돌아오기를 기다리자꾸나."

그녀의 말에 한시름을 놓은 소홍은 맞은편 자리에 털썩 주저앉았다. 그러다가 무슨 생각이 들었는지 이내 고개를 갸웃거리며 물었다.

"그런데 언니는 어떻게 화평장이 아니라 여기에 계시는 건데요?"

"이제야 내가 궁금해진 거니?"

십삼매는 저도 모르게 쓴웃음을 흘렸다.

"이런, 이런. 아무래도 다들 나보다 화평장 사람들을 더 걱정해 주는 것 같네."

소홍의 얼굴이 살그머니 붉어졌다.

4장.
태극천맹(太極天盟)의 원로(元老)들

"교주!"
허신방이 목 놓아 부르짖으며 유령신마를 불렀다.
유령신마는 가소롭다는 표정을 지으며 허신방을 돌아보았다.
"이제야 자네의 눈에 내가 교주로 보이느냐?"
허신방은 그의 조롱에 개의치 않고 계속해서 소리쳤다.
"소야는 교주의 친손주입니다! 제발 후대가 끊어지지 않도록 하셔야 합니다!"
일순 유령신마의 얼굴이 딱딱하게 굳어졌다.

태극천맹(太極天盟)의 원로(元老)들

1. 항산노성(恒山老猩)

 진재건이 홍화루에서 십삼매와 대화를 하고 있을 무렵, 만해거사와 담호는 건물들의 지붕과 지붕을 밟으며 화평장을 향해 내달리고 있었다.
 그러던 한순간 만해거사가 갑자기 경공술을 멈췄다. 담호는 의아한 표정을 지으며 만해거사의 뒤에 내려섰다. 정면을 주시하는 만해거사의 표정이 심각해져 있었다.
 "무슨 일인데요?"
 담호가 속삭이듯 물었다.
 만해거사는 대답 대신 손가락으로 어느 한 방향을 가리켰다.

담호의 시선이 그곳을 향했다. 버드나무길로 향하는 큰 길가를 따라 백여 명의 노인들이 빠르게 달려가는 중이었다.

"원로회의 늙은이들이다."

만해거사가 그들을 내려다보며 말했다.

"원로회? 태극천맹 말씀이세요?"

"그래. 흠…… 이것 참 상황이 좋지 않게 흘러가는구나. 원로회뿐만 아니라 무림십왕까지 온 모양이다."

만해거사는 커다란 활을 어깨에 짊어진 채 유유자적 내달리는 노인의 뒷모습을 지켜보며 한숨을 내쉬었다.

"아무래도 우리들만으로는 안 되겠다."

담호가 당황하여 물었다.

"그렇다고 되돌아갈 수는 없잖아요?"

"버드나무길 근처에 숨어서 상황을 지켜보자꾸나. 그리고 진 당주가 동료들을 데리고 오면 그때 합류하는 게 낫겠다. 이런."

만해거사는 중얼거리다가 한순간 허리를 낮췄다. 담호도 따라 고개를 숙였다.

버드나무길로 달려가던 노인들 중 한 명이 힐끗 그들이 서 있던 지붕으로 고개를 돌린 까닭이었다.

하지만 노인은 별것 아니라고 생각했는지 곧 어깨를 으쓱거리고는 동료들과 함께 버드나무길로 향했다.

"아무리 담 장주가 버티고 있다 해도 저 숫자의 노기인들이라면……."

만해거사의 말에 담호의 가슴이 두근거리기 시작했다. 부친이 위험할지도 모른다는 소리를 듣는 순간 그의 호흡이 가빠 오고 손바닥에는 식은땀이 배어서 축축해졌다.

이윽고 백여 명의 노인들 모습이 거리에서 사라졌다.

만해거사와 담호는 훌쩍 몸을 날려 지붕을 타고 이동하다가 버드나무길로 들어서는 입구 근처에서 땅바닥으로 내려섰다.

만해거사가 천천히 걸음을 옮겨서 골목과 골목이 맞닿아 이어지는 버드나무길 안쪽으로 고개를 살짝 내밀 때였다.

"무슨 일이오?"

버드나무길 안쪽에서 늙수그레한 목소리와 함께 한 명의 노인이 갑자기 툭 튀어나와 만해거사와 담호의 앞길을 가로막고 나섰다.

잔뜩 긴장하고 있던 담호는 그야말로 심장이 멈추는 듯한 충격에 하마터면 저도 모르게 낮은 비명을 내지를 뻔했다.

그러나 만해거사는 달랐다. 경험 많고 노회한 연륜의 소유자답게 그는 천연덕스러운 표정을 지으며 말했다.

"아이쿠! 깜짝 놀랐소, 귀신인 줄 알고 말이오."

그들의 앞을 가로막고 나선 노인은 조금 전 만해거사들이 숨어 있던 지붕을 힐끗 돌아봤던 바로 그 노인이었다.

유난히 손과 발이 길어서 마치 성성(猩猩)이와 비슷하게 보이는 노인은 예리한 눈빛으로 만해거사의 아래위를 훑어보며 재차 물었다.

"조금 전 지붕 위에서 우리를 쫓던 자들 아니오?"

"지붕 위?"

만해거사는 영문을 모르겠다는 표정으로 대꾸했다.

"그게 무슨 소리인지 잘 모르겠구려. 우리 노손(老孫)은 그저 오래간만에 친구 집을 방문하기 위해 이곳에 들렀을 뿐이오."

"친구? 그 친구가 누구요?"

"아니, 도대체 어느 방면의 고인(高人)이시기에 남의 앞길을 가로막고 이렇게 꼬치꼬치 묻는 것이오? 이거 너무 무례한 것 아니오?"

"무례라…… 좋소."

손발이 길고 생김새가 추악한 노인은 무례라는 단어에 얼굴을 씰룩거리며 두 손을 모았다.

"이 늙은이는 강호에서 항산노성(恒山老猩)이라 불리는 종(宗) 모(某)라고 하오. 이 늙은이와 동료들은 강호의 역적을 잡기 위해 이곳에 왔소. 그런데 조금 전부터 계속해서 우리의 뒤를 밟는 누군가가 있는 듯하여 이렇게 길을 막고 기다리고 있었소. 그때 딱 귀하와 귀하의 손자가 모습을 드러냈으니, 당연히 경계하여 물을 수밖에 없지 않겠소?"

 만해거사는 노인의 말을 들으면서 점점 변해 가는 표정을 감추느라 애써야만 했다.

 일 갑자 가까이 강호 무림을 떠돌던 만해거사가 어찌 항산노성이라는 별호를 모르겠는가.

 성(猩)이라 함은 성성이라는 뜻과 더불어 무자비하고 포악하다는 의미도 지니고 있었다. 이 항산노성이 싸우는 모습이 딱 그러했다.

 긴 손과 발을 이용하여 상대의 모든 공격을 파훼하면서 앞으로 달려들어 두 손에 잡히는 대로 마구 부러뜨리거나 힘껏 잡아당겨서 몸통과 분리하는 식으로 싸웠다.

 그 괴력과 포악한 잔인성은 저 강호오괴의 흉맹함과 함께 무림삼광(武林三狂) 중 한 명으로 유명했으나 그 반동이라고나 할까, 평소에는 의외로 예의가 바르고 정중하고 공명정대하게 행동하여서 강호오괴와는 전혀 다른 평판을 얻고 있는 노기인이었다.

 어쨌건 상대가 제 별호를 밝힌 이상 만해거사도 가만히 있을 수는 없었다. 그는 정중하게 손을 모으고 반례(半禮)를 하며 입을 열었다.

"아, 원래 종 형이셨구려. 이렇게 만나 뵙게 되어 영광이오. 이 몸은 범정산 만해암에서 홀로 도를 수련하던 만해라고 하오. 그리고 이 아이는 내 시동이자 외손주로, 만해암에서 나고 자라 세상 물정을 하나도 알지 못한다오."

항산노성이 자신을 돌아보자 담호는 얼른 고개를 숙여 인사했다.

"호라고 합니다."

만해거사가 계속해서 말을 이었다.

"오래간만에 이 아이에게 세상 구경을 시켜 주고 싶어서 만해암을 내려와 대륙 전역을 떠돌며 오래전 친구들을 차례차례 방문하던 참이었소. 그런데 하도 오래간만에 성도부에 들렀더니 어디가 어디인지 전혀 알지 못하겠구려. 허어, 십 년이면 강산도 변한다더니 무려 이십 년이 지난 성도부는 예전의 그 성도부가 아니더이다."

만해거사는 길게 한숨을 내쉬며 고개를 설레설레 흔들었다. 항산노성은 눈을 가늘게 뜬 채 만해거사를 잠자코 지켜보았다.

"어쨌든 그 친구의 집을 찾아야 했기에 지붕 위에 올라서 사방을 둘러보고 있던 참이었소."

만해거사는 다시 말을 이어 나갔다.

"그때 무려 백여 명이나 되는 노인네들이 어느 한 방향을 향해 달려가는 모습이 눈에 들어왔소. 허허허. 오랫동안 수련했음에도 불구하고 이놈의 호기심이라는 건 어쩔 수 없나 보오."

만해거사는 너털웃음을 흘리며 어깨를 들썩거렸다.

"그래서 도대체 무슨 일인지 궁금해서 서둘러 뒤를 따라 달려온 것이오. 마침 옛 벗의 집도 이 근처이기도 하고. 아아, 아마 버드나무길이라고 했던 것 같던데 말이오."

옆에서 가만히 듣고 있던 담호는 내심 만해거사의 천연덕스러운 거짓말에 감탄하고 있었다.

이 짧은 순간 동안 사실과 거짓말을 교묘히 섞어 가면서 진실을 호도(糊塗)하는 만해거사의 순발력을 보면서 담호는 저도 모르게 또 다른 사부, 설벽린이 해 주었던 조언을 떠올렸다.

—상대방에게 거짓말을 하려면 반드시 그자의 눈을 직시해야 한다. 그리고 자신의 말이 사실임을 스스로 믿어야 한다. 마지막으로, 사실이라는 그릇 안에 거짓이라는 양념이 들어가야지, 거짓이라는 그릇 안에 사실이라는 양념이 들어가면 안 되는 것이다.

유랑객잔의 뚱보 주인장 저귀보다 먼저 담호의 사부가

되었던 설벽린이 나름대로 십계(十誡)라고 하면서 이야기해 주었던 일부가 바로 그것이었다.

담호가 문득 그때의 일을 회상하는 가운데 만해거사의 거짓말이 끝났다. 항산노성은 만해거사의 말을 믿은 듯 고개를 끄덕이며 입을 열었다.

"알고 보니 그런 이유가 있었구려."

만해거사도 고개를 끄덕이며 말을 받았다.

"그런데 강호의 영웅들께서 무림오적을 잡으러 출동하신 길이라니, 정말 깜짝 놀랐소이다. 역시 강호에 정의를 세우고 세상에 평화를 가져오는 건 종 형과도 같은 숨은 영웅들 덕분이라고 생각하오이다."

만해거사의 칭찬에 항산노성은 머쓱한 표정을 지으며 대꾸했다.

"허허. 과찬이오. 좀 더 대화를 나누고 싶지만 동료들과 너무 거리가 벌어져서……."

"아니, 아니외다. 얼른 가셔야지요."

"그럼 이만."

그렇게 웃으며 몸을 돌리려던 항산노성이 문득 얼굴을 굳히며 다시 만해거사를 돌아보았다. 만해거사는 얼굴 가득 미소를 띤 채 물었다.

"또 무슨 일이시오?"

"내가……."

항산노성의 달라진 표정과 더불어 목소리와 말투까지 함께 변해 있었다.

"언제 그대에게 우리가 뒤쫓고 있는 자들이 무림오적이라고 말한 적이 있었느냐?"

아차!

일순 만해거사의 눈빛이 파르르 떨렸다.

생각해 보니 항산노성은 그저 강호의 역적을 뒤쫓는다고 했을 뿐이었다.

그런데 만해거사는 별반 생각 없이 무림오적이라고 불쑥 말했고, 항산노성은 뒤늦게나마 그 사실을 알아차리고 이렇게 험상궂은 표정을 지으며 만해거사를 노려보는 것이었다.

2. 재회

일이 잘못되었구나!

그 짧은 생각이 머릿속을 섬광처럼 스치는 순간, 담호는 반사적으로 칼을 빼 들어 항산노성의 어깻죽지를 내리쳤다.

챙! 하는 금속성 소리와 함께 항산노성의 길고 강인한 손톱이 담호의 칼을 막았다.

담호는 손바닥이 찢어지는 듯한 통증을 억누르며 다시 칼을 옆으로 휘둘러 그의 허리를 베었다.

챙!

이번에도 항산노성은 손톱을 튕겨 담호의 칼을 막았다.

부르르!

도신(刀身)이 부러질 듯 크게 떨렸고, 그 진동은 고스란히 담호의 손바닥에 충격으로 전달되었다.

"허어! 어린놈의 성질이 포악하고 잔인하기 그지없구나! 다짜고짜 이렇게 살수를 펼치는 걸 보니 말이다!"

항산노성은 그렇게 소리치며 손을 뻗어 담호의 팔뚝을 움켜쥐려 했다. 그 섬전처럼 빠른 일격에 놀란 만해거사가 황급히 소리치며 그에게로 덤벼들었다.

"절대 잡히면 안 된다!"

막 왼손을 뻗어 항산노성의 공격을 맞받아치려던 담호가 재빠르게 손을 빼내며 어깨를 틀고 태극오행신보를 밟으며 그의 공세에서 벗어났다.

"응? 태극오행신보? 설마 무당파 제자더냐?"

항산노성이 크게 소리치면서 방향을 바꿔 이번에는 만해거사의 공격을 막았다. 동시에 그의 원숭이처럼 기다란 손이 만해거사의 어깨를 움켜쥐며 그대로 뜯어내려고 했다.

"어딜!"

한 걸음 물러섰던 담호가 낮게 몸을 움츠리나 싶더니 동시에 팽이처럼 회전하면서 항산노성의 두 발을 공격했다.

항산노성은 만해거사의 어깨를 쥐려던 손을 거두는 동시에 훌쩍 몸을 뛰어올라 담호의 기습을 피하며 소리쳤다.

"어린놈의 재간이 남다른 바가 있구나!"

항산노성의 팔과 다리는 성성이처럼 길기만 할 뿐만 아니라 어지간한 도검(刀劍)으로는 상처 하나 낼 수 없을 정도로 단단하고 튼튼하였다.

그 금강불괴와 같은 장점을 이용하여 적의 공격을 도외시한 채 근접 거리까지 다가가서 강력한 악력(握力)을 통해 상대의 팔을 뜯어내고 두개골을 부수는 게 애당초 항산노성의 싸움 방식이었다.

하지만 두 번이나 담호의 칼을 손톱으로 튕겨 내면서, 그 충격에 항산노성은 손가락은 물론 팔뚝까지 감전된 듯 저리면서 순간적으로 힘을 쓸 수가 없게 되었다.

'이 애송이의 내력이 심상치 않구나!'

깜짝 놀란 항산노성은 자신의 다리를 노리고 회전하는 담호의 칼질에 결국 평소와는 달리 훌쩍 몸을 날려 피해야만 했다.

그렇게 허공 높이 솟구쳤던 항산노성은 그 자세 그대로

쌍장을 휘둘렀다. 강렬한 장력이 연환포(連環砲)처럼 쉬지 않고 연달아 십여 발이나 쏘아졌다.

콰콰쾅!

굉음과 함께 장력이 내리꽂힌 지면에는 사람 하나 매장할 정도의 구멍이 움푹움푹 파였다.

하지만 만해거사와 담호의 보법은 놀라울 정도로 정교하고 민첩해서 한 치의 부상도 없이 그 폭발이 일어나는 사이를 미끄러지듯 파고들었다.

바로 항산노성 아래까지 파고든 만해거사가 늘 들고 다니던 장죽(長竹)을 칼처럼 휘두르며 소리쳤다.

"만혈(卍血)!"

일순 만자(卍字) 형태의 도기(刀氣)가 아직 허공 높이 떠 있던 항산노성을 향해 솟구쳐 올랐다.

항산노성은 깜짝 놀라며 두 발에 모든 내공을 집약하고 버텼다. 만해거사의 도기와 항산노성의 두 발이 맞부딪치는 순간 쩌엉! 하는 소리와 함께 항산노성은 삼사 장이나 날아갔다.

그가 신고 있던 가죽 신발이 산산조각이 나며 사방으로 흩어졌지만 금강불괴처럼 단단한 두 발은 큰 부상을 입지 않은 까닭에, 항산노성은 허공에서 자세를 바꾸며 안전하게 지면으로 내려설 수 있었다.

하지만 그렇게 지면에 내려서는 순간이었다.

"헉!"

 항산노성의 입에서 헛바람이 새어 나오며 두 눈이 부릅떠졌다.

 그가 삼사 장이나 날아가서 마치 그 자리에 내려설 걸 미리 알고 기다리고 있었다는 것처럼 어느새 항산노성의 등 뒤로 돌아와 있던 담호가 섬전보다 빠른 일격을 날렸고, 그 일격이 정확하게 그의 명문혈을 찌른 것이었다.

"그, 그건……?"

 항산노성은 천천히 뒤를 돌아보며 제 명문혈을 찌르고 있는 담호에게 물었다. 담호는 전력을 다하느라 시뻘겋게 물든 얼굴로 대답했다.

"일섬혈(一閃血). 제 부친의 검법입니다."

"일섬혈……."

 항산노성의 눈빛이 촛불처럼 흔들거리는 가운데 애써 말하려는 그의 입을 통해 검붉은 선혈이 울컥울컥 쏟아지고 있었다.

"그렇구나……. 사선행수의 아들이……."

 항산노성은 결국 마저 말을 끝내지 못한 채 앞으로 고꾸라졌다.

 담호는 그제야 숨을 몰아 내쉬며 칼을 빼 들었다. 얼마나 집중하고 긴장하고 있었는지 칼을 쥔 그의 손은 새파랗게 변해 있었다.

"다친 곳은? 다친 곳은 없느냐?"

만해거사가 부리나케 달려와 담호의 안위를 물었다. 담호는 몸에 묻은 혈흔을 힐끗 바라보며 고개를 저었다.

"할아버지 덕분에 괜찮아요."

"허어. 그것참 천만다행이로구나."

만해거사는 이미 절명한 항산노성을 내려다보며 길게 한숨을 내쉬었다.

"지난 백 년 이래로 항산 일대에서는 그보다 더 강한 자가 없다고 알려진 고수였는데…… 결국 자신보다 몇 배는 더 어린 네 손에 의해 목숨을 잃고 말았구나."

"아니에요."

담호는 칼을 털어 내며 고개를 저었다.

"할아버지가 안 계셨더라면 이렇게 쉽게 이길 수 없었을 겁니다. 저 강철 같은 손톱 때문에 아직도 제대로 팔을 사용할 수 없으니까요."

"흠. 하기야 항산노성의 팔다리는 금강불괴와 같다고 했으니까 말이지."

만해거사는 그렇게 중얼거리며 주변을 둘러보았다. 혹시나 싸우는 소리를 듣고서 달려오는 자들이 있을까 경계하는 시선이었다.

그렇게 사방을 둘러보던 만해거사의 표정이 일순 크게 일그러졌다. 자신들이 달려왔던 방향에서 무언가 엄청난 속도로 날아오는 기척을 느낀 까닭이었다.

그 기세만으로 보자면 지금 상대했던 항산노성보다도 훨씬 강한 무위를 지닌 고수임이 분명했다.

"조심하거라. 누가 오고 있다."

만해거사는 그렇게 담호에게 주의를 주며 장죽을 고쳐 쥐었다.

'이럴 줄 알았다면 역시 만혈참도를 가지고 왔어야 하는 건데……'

찰나의 순간 떠오르는 후회 한 자락. 그는 북해빙궁을 나설 때 그곳에 만혈참도를 두고 나왔다.

"내게는 이게 있으니까."

만해거사는 걱정하는 사람들을 향해 유 노대의 유품인 장죽을 들어 보이며 활짝 웃었다.

하지만 장죽으로는 만혈십이도의 그 강맹무비한 위력을 제대로 발휘할 수가 없었으니, 이제야 자신의 선택이 후회가 되는 만해거사였다.

바로 그때였다.

무시무시한 속도로 허공을 날아오던 기척이 이내 하나의 신형으로 모습을 갖춰 만해거사와 담호의 앞에 내려섰다.

만해거사가 반사적으로 장죽을 휘두르고 담호가 칼을 내지르려는 순간, 그들의 안색이 환하게 밝아졌다.

"진 당주!"

"진 아저씨!"

그렇게 가공할 속도로 날아든 자는 다름 아닌 진재건이었다.

진재건은 두 노소(老少)를 보자마자 크게 안도의 한숨을 내쉬었다. 그의 이마에 땀이 송골송골 맺힌 걸 보건대 전력을 다해 날아온 게 분명했다.

"예서 마주쳐서 천만다행입니다. 제가 조금만 더 늦어 만해 사부와 담 소장주께서 화평장으로 들어가셨다면……."

진재건은 생각만 해도 끔찍하다는 듯이 고개를 설레설레 흔들며 말했다.

"저 백여 명의 노기인을 가리키는 것인가?"

만해거사가 알은척하며 말하자 진재건은 그제야 소매로 이마의 땀을 닦아 내며 대답했다.

"그것도 그렇습니다만, 장주들께서 이미 화평장을 빠져나오셨기 때문입니다."

"음?"

"아버님들께서요?"

만해거사와 담호가 놀란 눈을 하며 묻자 진재건은 고개를 끄덕였다.

"네. 십삼매를 통해서 전해 들었습니다. 이미 그곳을 빠져나오셨을 거라고요."

"거라고요, 라니? 그건 아직 확실하지 않다는 뜻인데?"

"강 장주의 평소 성격을 떠올려 보시면 되지 않을까요? 그리고 담 장주와 장 장주라면 원로회 원로들의 기척을 한참 전에 감지하셨을 테니까요."

"흐음."

만해거사는 저도 모르게 고개를 끄덕였다.

확실히 강만리의 그 여우 같은 성격이라면 위기에 봉착하기 이전에 미리 발을 뺄 준비부터 단단히 했을 터였다.

또한 담우천과 장예추들의 천조감응진력은 태극천맹 원로들이 이 버드나무길에 진입하기 이전에 그들의 기척을 눈치챘을 것이고.

"하지만 아직 확실하지 않잖습니까?"

담호는 아무래도 걱정된다는 듯 그렇게 물었다. 어느 정도 호흡이 되돌아온 진재건이 웃는 낯으로 되물었다.

"소장주는 그렇게 부친을 믿지 못하십니까?"

"그, 그건……."

담호는 말이 막혔다. 진재건이 다시 말했다.

"무엇보다 우리가 지금 가 봤자 아무런 도움이 되지 못합니다. 어쨌든 저곳에는 지금 오대가문의 정예들과 태극천맹의 원로와 같은 절정고수들이 무려 이백여 명 이상 있으니까요."

"이백여 명……."

담호는 저도 모르게 침을 꿀꺽 삼키며 항산노성을 내려다보았다. 이자보다 강한, 최소한 이자만 한 실력을 지닌 절정고수들이 무려 이백 이상 모여 있다니.

진재건도 담호의 시선을 따라 항산노성을 바라보았다. 그러고는 살짝 놀란 눈빛으로 담호와 만해거사를 돌아보며 물었다.

"항산노성이 아닙니까? 두 분이 해치우신 겁니까?"

만해거사가 어깨를 으쓱거리며 대꾸했다.

"담호의 작품이라네."

담호가 빠르게 손을 내저었다.

"아닙니다. 할아버지의 공격에 정신이 팔린 상황을 이용했을 뿐입니다."

진재건이 모호하게 웃으며 말했다.

"어쨌든 홍화루로 가죠. 그곳에서 십삼매와 함께 차후 대책을 논의하는 게 이곳에서 허투루 시간을 보내는 것보다 훨씬 나을 것 같습니다."

만해거사와 담호는 힐끗 뒤를 돌아보았다.

버드나무길 안쪽, 화평장이 있는 골목에서 병장기 부딪치는 소리와 온갖 고함이 희미하게 들려오고 있었다. 아직도 그곳에서 사람들이 싸우고 있는 게 분명했다.

그런데 자리를 뜨다니. 내킬 리가 없었다.

"아버님들이 모두 물러나셨다면 지금 저 싸움은 무엇

이죠?"

 담호가 여전히 걱정스러운 표정을 지으며 물었다. 진재건은 살짝 굳은 얼굴로 버드나무길 안쪽을 바라보며 말했다.

 "아마도…… 소야와 그 일당이 남아서 싸우는 거겠죠."
 "소야? 호오, 그도 화평장에 있었던 겐가?"
 "네. 거기에 혈천노군 어르신을 비롯한 세 어르신이 합세한 걸로 알고 있습니다."
 "혈천노군?"
 만해거사의 눈이 휘둥그레졌다.
 '아니, 도대체 왜 화평장에 소야가 있고, 혈천노군과 같은 마두들이 있는 것이지?'
 그런 의문이 만해거사의 뇌리에 떠오를 때 진재건이 다시 설득하듯 입을 열었다.
 "이제 그만 돌아가시죠. 홍화루로 가는 길에 모든 걸 설명해 드리겠습니다."
 그의 강권에 결국 만해거사와 담호는 차마 떨어지지 않는 발걸음을 억지로 옮겨야만 했다.
 그렇게 돌아서는 사람들의 귓전으로, 여전히 격렬하게 싸우고 부딪치는 소리가 희미하게 들려오고 있었다.

3. 황계의 본산(本山)

 강만리는 굳이 그 자리에 끝까지 남아서 소야 위천옥을 도와 싸우려 하지 않았다. 금강류하의 일격으로 한 수 도움을 준 것만으로도 이미 허신방에게 충분한 빚을 안겼다고 생각한 까닭이었다.
 게다가 썰물처럼 밀어닥치는 백여 명의 저 무시무시한 기척은, 아무리 강만리들이라 할지라도 쉽게 감당해 낼 수 없다는 계산이 선 것이었다.
 그렇게 내당 후원을 빠져나가 후문의 뒷담을 뛰어넘은 강만리와 장예추, 화군악은 잠시 그곳에서 담우천을 기다렸다. 망루에서 십전궁왕에게 쇠뇌 한 발을 안겨 준 담우천이 그곳에 모습을 드러낸 건 반각도 채 지나지 않아서였다.
 "기다렸군."
 담우천은 언제나처럼 무심한 표정으로 말했다.
 "먼저 가도 되었을 텐데."
 "아뇨. 괜찮습니다."
 강만리가 말했다.
 "이곳이 초행길이라 그런지, 아니면 제대로 된 지휘 계통이 없어서인지 저들에게서 화평장을 포위하려는 기색을 전혀 찾을 수 없었거든요. 그래서 편히 쉬면서 기다리던 참이었습니다."

"안 그래도 그게 이상했다니까요."

화군악이 끼어들었다.

"일반적으로 적을 포위하여 빠져나가지 못하게 한 다음, 그대로 포위망을 압축해서 꼼짝달싹하지 못하게 만드는 게 기본 중의 기본 전략이 아닌가요? 그런데 저들은 그저 정문 쪽으로 우르르 몰려들고 있으니까요."

"뭐, 크게 두 가지 이유로 볼 수 있을 게다."

강만리는 힐끗 화평장을 바라보며 말했다.

"하나는 이곳에 우리가 있는지 확실하게 알지 못하고 달려왔기 때문일 터. 그러니 포위하는 데 시간을 빼앗기느니 지금 저렇게 단번에 달려와 우리의 존재를 확인하는 게 나을 수도 있다."

"그럼 두 번째는요?"

"우리가 저들의 기척을 눈치챈 것처럼 내당에서 격렬하게 싸우는 소리를 저들이 들었을 수도 있다. 그렇다면 포위하고 말 것도 없이 곧바로 달려와 동료들을 돕는 게 최선일 테니까."

"흠. 그렇다면 생각보다 멍청한 작자들은 아니군요."

"태극천맹의 원로들이 멍청할 리가."

담우천의 말에 사람들이 깜짝 놀랐다. 강만리는 그럴 줄 알았다는 듯이 고개를 끄덕이며 침음성을 흘렸다.

"으음. 역시 저 정도 되는 절정고수들을 한꺼번에 움직일 수 있는 집단이면 원로회이지 않을까 생각했는데."

"거기에 무림십왕들도 왔더군. 군악 자네의 뒤를 쫓던 전왕 한백남까지 말일세."

"그래요? 정말 집요한 놈들이네."

화군악은 그들을 피해 이렇게 도주하는 것이 마음에 들지 않는다는 듯 주먹을 휘두르며 투덜거렸다.

"정말 본때를 보여 줘야 나 무서운 줄 알고 꼬리를 말 텐데 말이지."

"그럴 기회는 얼마든지 있을 게다."

강만리가 그렇게 화군악을 다독일 때, 장예추가 물었다.

"그럼 이제 어디로 가죠? 십삼매의 집?"

"아니."

강만리는 이미 생각해 두었다는 듯이 대답했다.

"십삼매는 지금 홍화루로 가 있을 게다."

"홍화루요?"

"그래. 바로 그곳이 황계의 총계주가 머무는 황계의 본산(本山)이니까 말이다."

* * *

"제기랄! 저 고집쟁이를 어떻게 한담?"

혈천노군 한백겸이 발을 구르며 짜증 냈다. 유령신마가 생각할 것도 없다는 듯이 대꾸했다.

"어떻게 하기는. 그냥 놔두고 가야지."

"하지만 놔두면 죽을 게 뻔하잖아? 아마도 태극천맹의 원로 늙은이들이 모두 몰려온 것 같은데."

"그래도 어쩌겠나? 절강성 총독도 제 하기 싫으면 어쩔 수 없는 법이거늘."

유령신마는 그렇게 말하면서 힐끗 사방을 둘러보았다.

강만리 일행은 눈치 빠르게, 약삭빠를 정도로 재빠르게 이곳에서 도주했다.

당연한 일이고, 잘한 행동이었다.

이미 그들은 이곳에 모여 있던 오대가문의 정예들을 해치우느라 적잖은 피해를 보았으니까. 지금의 몸 상태로는 절대 저 백여 명의 원군을 감당할 수 없었으니까.

그건 유령신마를 비롯한 세 노마 또한 마찬가지였다. 그들 모두 상당한 상처를 입었고, 특히 복부에 구멍이 난 혈천노군 같은 경우에는 최대한 빨리 치료해야 할 상황이었다.

그럼에도 불구하고 저 빌어먹을 고집쟁이는 끝까지 예서 남아서 놈들과 싸우겠다고 우기는 중이었다.

소야 위천옥은 지금 적을 앞에 두고 도망치는 것이야말로 자신이 살아 있다는 존재 자체를 부인하는 거라나, 뭐

라나 하면서 겁쟁이와 비겁한 늙은이들은 언제든지 도망쳐도 상관없다면서 끝까지 버티는 중이었다.

위천옥은 노마들의 말은 물론 허신방의 조언조차 전혀 듣지 않았다.

심지어 허신방을 향해 발길질을 해 가면서 '내게 치욕을 안겨 주겠다면 차라리 예서 자결하라!'라는 소리까지 하며 허신방을 닦달했다.

노마들은 생각 같아서는 녀석의 뒤통수를 한 대 크게 후려갈긴 다음 목덜미를 움켜쥔 채 끌고 나가고 싶었다.

하지만 지금 혈천노군을 비롯한 세 노마의 몸 상태로는 놈을 끌고 나가기는커녕 외려 놈에게 당할 수도 있었다.

"어쩔 수 없지."

유령신마가 냉정한 표정으로 정문 쪽을 주시하며 말했다. 백여 개의 기척은 정문의 담장을 뛰어넘어 연무장을 빠르게 지나쳐서 이곳 내당 가장 깊은 곳으로 달려오고 있었다.

"위험에 처하면 알아서 도망치겠지. 그것도 제대로 하지 못한다면 죽어 마땅한 운명인 게고."

잠자코 있던 무상검마도 고개를 끄덕였다. 혈천노군도 그의 말에 동의하듯 긴 한숨을 내쉬었다. 그러고는 여전히 다투고 있는 허신방과 위천옥을 향해 입을 열었다.

"그럼 우리는 먼저 떠나마. 자네들의 목숨은 알아서 챙기도록."

"흥!"

위천옥이 코웃음을 치며 말을 받았다.

"겁쟁이들! 그렇게 가늘고 길게 살아서 과연 몇 백 년을 살 수 있을지, 그 몇 백 년 동안 쌓이고 쌓인 부끄러움과 민망함에 얼마나 얼굴이 두꺼워질지 궁금하구나!"

"뭐, 그건 네 녀석이 알 바 없고."

혈천노군이 어깨를 으쓱거리며 말을 이으려 할 때, 무상신마가 조용히 입을 열었다.

"이제 떠나야 할 것 같군. 놈들이 본당을 지나쳤네."

유령신마가 고개를 끄덕였다.

"그래. 저 천둥벌거숭이 같은 녀석은 놔두고 우리만이라도 자리를 뜨세."

그렇게 말하며 유령신마가 지면을 박차려고 할 때였다.

"교주!"

허신방이 목 놓아 부르짖으며 유령신마를 불렀다. 유령신마는 가소롭다는 표정을 지으며 허신방을 돌아보았다.

"이제야 자네의 눈에 내가 교주로 보이느냐?"

허신방은 그의 조롱에 개의치 않고 계속해서 소리쳤다.

"소야는 교주의 친손주입니다! 제발 후대가 끊어지지

않도록 하셔야 합니다!"

 일순 유령신마의 얼굴이 딱딱하게 굳어졌다. 혈천노군도, 심지어 무상심마까지도 깜짝 놀란 얼굴로 위천옥과 유령신마를 번갈아 바라보았다.

"에이, 그건 또 무슨 헛소리야?"

 위천옥이 손사래를 저으며 웃었다. 허신방은 웃음기 한 점 없는 진지한 얼굴로 말했다.

"사실입니다, 소야. 소야께서는 교주의 친손자이십니다. 소야의 선친은 갈씨(葛氏) 성(姓)에 인상(仁翔)이라는 함자를 쓰시는 분이셨습니다."

 위천옥은 여전히 피식거리며 허신방의 절실한 목소리를 듣고 있었다. 하지만 싱글거리는 얼굴과는 달리 그의 눈가는 전혀 웃고 있지 않았다.

"선친께서는 교주와의 불화로 인해 교를 떠나셨습니다. 이후 속하가 여러 방면으로 수소문하여 선친을 찾았을 때는 이미 소야의 모친은 돌아가신 후였고, 선친 또한 중병에 걸려 있었습니다. 그리고 선친의 마지막 유언으로 소야를 제가 모시게 되었답니다."

"거짓말······."

 위천옥은 희미하게 중얼거렸다.

"예전에 내게 말했잖아? 두 살배기 나를 시골 장터에서 주웠다고, 그래서 부모가 누구인지 전혀 모른다고 말이야!"

"그때는 그렇게 말할 수밖에 없었습니다. 교주의 분노가 가라앉지 않았던 상황이라 교주께서 소야의 출신 성분을 알게 된다면 무슨 일을 저지를지 모를 때였으니까요."

"그게 사실인가, 허 봉공?"

이번에는 유령신마의 묵직한 목소리가 허신방의 입을 가로막았다.

"저 아이가 인상의 아들이라는 게 사실이냔 말이다."

"사실입니다, 교주. 교주께서도 본능적으로 느끼지 않으셨습니까? 소야가 교주의 핏줄이라는 사실을 말입니다."

허신방의 말에 유령신마의 눈가가 파르르 떨렸다.

4. 혈육(血肉)의 정(情)

허신방의 말 그대로였다.

유령신마가 위천옥을 대할 때마다 남다른 감정을 느꼈던 건 사실이었으니까. 철혈권마가 위천옥을 죽이려 들었을 때 몸으로 막아선 것 역시 그러한 이유에서였으니까.

끊으려야 끊을 수 없는 인연의 고리.

위천옥을 볼 때마다 느꼈던, 이성과 논리를 뛰어넘은

본능에 가깝던 감정.

그건 바로 혈육(血肉)의 정(情)이었다.

그리고 지금 허신방이 말하고 있었다. 그간 유령신마가 위천옥을 볼 때마다 매번 느꼈던 감정들이 그만의 착각이 아니라 사실이었다고.

유령신마 갈천노의 핏줄을 잇는 유일한 혈맥이 곧 저 소야 위천옥이라고, 지금 허신방이 애타게 주장하고 있었다.

그때였다.

"허허허!"

창노한 웃음소리와 함께 백발이 성성한 노기인들이 내당 담장을 뛰어넘어 날아왔다.

혈천노군이 재빨리 정신을 차리고 소리쳤다.

"어떡할 작정이오, 갈 형?"

유령신마도 퍼뜩 상념에서 깨어났다. 그러고는 혈천노군과 무상검마를 돌아보며 말했다.

"나는 이곳에 남겠소. 아무래도 내 하나뿐인 핏줄을 외면할 수는 없지 않겠소? 그러니 두 분 형은 얼른 이곳을 빠져나가시……."

그렇게 말하던 유령신마의 표정이 한순간 딱딱하게 굳어졌다.

'가만…….'

그는 저도 모르게 십삼매가 도주했던 방향으로 시선을 돌리며 한 사람의 얼굴을 떠올렸다.

'그리고 보니 소홍, 그 아이가 유독 천옥과 닮지 않았던가?'

이곳 화평장에 오기 전에 마주했던 소홍의 그 아름다운 얼굴과 저 위천옥의 잘생긴 얼굴이 마치 쌍둥이처럼 비슷하다는 생각이 언뜻 유령신마의 뇌리에 파고드는 순간이었다.

* * *

강만리의 말대로 십삼매는 홍화루에 머무르고 있었다.

한달음에 홍화루로 달려간 강만리는 그곳에서 십삼매를 보자마자 벌컥 화를 내며 소리쳤다.

"도대체 무슨 짓을 하는 건가? 우리를 모두 죽이고 싶었던 게냐? 왜 그런 자리를 만들었지?"

일순 대청을 오가던 점소이들의 눈빛에 살기가 스며들었지만 십삼매는 침착하게 대꾸했다.

"오라버니도 미처 예측하지 못하셨잖아요? 그런데 하물며 어떻게 제가 그런 자리를 만들 수 있겠어요?"

"그건 십삼매 말이 맞아요. 신도 아니고, 누군들 그런 자리가 될 줄 알았겠습니까? 공적십이마에 소야에 무림오적에 오대가문에, 심지어 백팔원로까지 모두 한자리에 모이는 게 말이나 되는 일입니까?"

 화군악이 웃으며 강만리를 달랬다.

 씩씩거리며 그녀를 노려보던 강만리는 "흥!" 하고 코웃음을 치며 그녀의 앞자리에 털썩 주저앉았다. 뒤따라 화군악과 장예추, 그리고 담우천이 십삼매와 마주하고 나란히 자리에 앉았다.

 두 눈 가득 살기를 머금었던 점소이들은 언제 그랬냐는 듯이 만면에 미소를 지은 채 차가운 매실탕을 나르고 다과를 준비했다.

 "만해 사부는?"

 강만리는 여전히 성이 풀리지 않는다는 듯 무뚝뚝한 눈빛으로 십삼매를 노려보며 물었다.

 반면 십삼매는 그리움이 가득 담긴 눈빛으로 그를 바라보며 애정이 꿀처럼 뚝뚝 떨어지는 목소리로 대답했다.

 "만해 사부와 담호는 제 집에 들렀다가 화평장으로 출발했어요."

 "화평장?"

 "아니, 너무 걱정하지 않으셔도 돼요. 진 당주가 그들을 마중하러 갔으니까요."

 "진 당주? 임자의 심복인 진재건 말이냐?"

 "어라? 알고 계셨어요?"

십삼매가 눈을 동그랗게 뜨며 물었다.

"어라? 그건 또 무슨 소리입니까? 진 당주가 십삼매의 심복이라고요?"

화군악이 뒤늦게 놀란 눈으로 물었다.

강만리는 한숨을 길게 내쉬며 엉덩이를 긁적거렸다. 그러고는 살짝 짜증이 담긴 목소리로 말했다.

"생각해 봐라. 진재건이 고굉의 흑룡방 출신이다. 그게 믿어지냐?"

"뭐 그야……."

화군악은 말을 잇지 못했다.

워낙 함께 지낸 지 오래이다 보니 잠시 잊고 있었지만, 확실히 진재건은 과거 고굉을 방주(幇主)로 둔 흑룡방의 방도(幇徒)였다.

하지만 일개 흑방에 불과한 흑룡방의 방도치고는, 그리고 그 방주로 있는 고굉의 무력을 생각한다면 전혀 어울리지 않는 가공한 무위를 지닌 진재건이었다.

강만리가 툴툴거리며 말했다.

"진 당주의 현재 무위라면 우리 다섯 형제, 아니 벽린을 제외하고 네 형제를 제외하면 그 누구도 승리를 장담할 수 없을 정도로 강하다. 그런 절정고수가 고굉 그 녀석의 수하라는 게 말이 된다고 생각하느냐?"

"확실히 이상한 일이죠, 그건."

"그래. 그래서 꽤 오래전부터 수상하다고 생각하고는 있었다. 십삼매, 저 녀석이 우리를 감시하기 위해 딸려 보낸 첩자가 아닌가 하고 말이다."

"첩자라니요?"

십삼매가 배시시 웃으며 말했다.

"그저 서로의 안부와 근황을 주고받기 위해 잠시 파견 보냈을 뿐이에요. 어때요? 정말 괜찮은 사람 아닌가요?"

"끄응. 뭐, 확실히 나쁘지는 않더군. 뭔가 트집 잡을 게 있었다면 바로 내쫓았을 텐데 외려 진심으로 우리를 믿고 따르는 것 같아서, 또 맡은 일은 어떤 일이 있더라도 반드시 완수하기에…… 그가 누구인지 알면서도 내치지 못했으니까."

"원래 그런 사람이에요, 진 당주는."

십삼매가 기분 좋은 눈웃음을 흘리며 말했다.

"무엇보다 책임감이 가장 강한 사람이죠. 상황이 어떻든, 상대가 누구이든 상관하지 않고 맡은 바 임무에 최선을 다하거든요. 언제나 말이에요."

그녀의 칭찬이 막 끝나기가 무섭게 홍화루의 문이 열리며 세 명의 남자가 들어섰다. 방금 사람들의 화제에 올랐던 진재건과 만해거사, 그리고 담호였다.

"아버님!"

담호는 홍화루에 들어서자마자 담우천을 바라보며 소

리쳤다. 홍화루로 돌아오는 내내 걱정하고 있었던 것일까. 부친을 본 그의 얼굴에는 안도의 표정이 가득 담겨 있었다.

담우천은 무뚝뚝한 와중에 한 줄기 희미한 미소를 머금은 채 말했다.

"어서 오너라. 여기 산매탕이 꽤 시원하고 달콤하구나."

화군악과 강만리가 저도 모르게 담우천을 돌아보았다. 평소의 담우천답지 않은, 그야말로 자식을 향한 정이 뚝뚝 묻어나는 말투였기 때문이다.

'형님도…… 화평장에서 상당히 불안하셨나 보군그래. 평소에 하지 않던 표현을 하시다니.'

강만리는 담우천의 희미한 미소를 바라보며 그렇게 생각했다.

"모셔 왔습니다."

가까이 다가온 진재건이 살짝 머뭇거리다가 강만리에게 고개를 숙이며 보고했다.

"버드나무길 앞 골목에서 겨우 두 분을 따라잡을 수 있었습니다. 조금만 늦었더라면 자칫 큰일이 날 **뻔했습니다**. 안 그래도 백팔원로 중 한 명과 마주쳤으니까요."

강만리는 진재건의 보고를 들으며 십삼매를 노려보았다. 그녀가 어깨를 으쓱거리더니 방긋 웃었다.

5장.
밝혀지는 비밀들

허신방은 유령교의 봉공인 동시에
그 누구보다도 유령교를 따르는 신봉자였다.
유령교의 미래보다 중요한 건 그에게 없었다.
그는 교주 유령신마에게 충성하지 않았다.
그에게는 교주보다 유령교가 더 우선이었다.
만약 유령교의 더 나은 미래가 있다면
얼마든지 위천옥을 내칠 수도 있는 인물이었다.

밝혀지는 비밀들

1. 다음 계획은?

 진재건은 그렇게 말한 이후 태극천맹의 원로 중 한 명인 항산노성을 담호가 해치운 이야기를 늘어놓았다. 사람들의 눈이 휘둥그레졌다.
 "정말이냐?"
 담우천이 물었다. 담호가 머쓱한 표정을 지으며 대답했다.
 "정면 승부는 아니었어요. 그저 만해 할아버지께 시선이 간 틈을 이용한 암살(暗殺)이었으니까요."
 "아니, 그래도 그게 어디냐? 태극천맹의 백팔원로 중 한 명이라면 당연히 노경에서 문경 사이의 절정 고수인데 그런 노기인을 해치우다니, 벌써 네가 그런 경지에 올랐구나."

 강만리는 진심으로 탄복했다.

 담호가 약관의 나이가 되려면 아직 두 해 정도가 남았다. 그 나이 때 강만리는 막 포졸이 되어 상관들의 지시에 이리저리 바쁘게 뛰어다니기만 했다.

 아, 옥졸(獄卒)이 되어서 감옥에 있던 노인에게 건강 호흡법이라는 걸 배웠던 것도 아마 그 무렵의 일이었으리라.

 "항상 조심해라."

 담호가 머쓱한 가운데 어른들의 칭찬으로 살짝 고무된 표정을 짓고 있을 때 부친 담우천이 불쑥 입을 열었다. 담호의 표정이 한순간 경직되었다.

 담우천은 천천히 말을 이어 나갔다.

 "지금이 가장 위험할 때다. 세상에서 자신이 가장 강한 것 같고, 또 싸우면 상대가 누구이든 반드시 이길 것 같은 시절이니까. 대부분의 강호 초짜들이 바로 그때 목숨을 잃거나 중상을 당하게 된다."

 담호는 정신을 바짝 차린 채 부친의 말에 귀를 기울였다.

 "늘 경계하고 집중하고 조심해야 한다. 승부는 실력이 아닌, 집중력 싸움이라는 걸 명심해야 한다. 또한 얼마나 미리 준비하고 있었느냐에 따라서 갈라지는 게 승패라는 사실 또한 알아야 한다."

"명심하겠습니다, 아버님."

담호가 그렇게 대답할 때, 강만리가 너털웃음을 흘리며 끼어들었다.

"하하하. 자식이 환갑이 되어서도 매번 '사람 조심해야 한다. 마차 조심해야 한다.'라고 당부하는 게 부모 마음이라더니, 담 형님도 역시 자식 가진 아버지인 게로군요."

"허험."

담우천은 애꿎은 헛기침을 하며 물었다.

"내가 과한 것 같았나?"

"조금은요."

강만리가 싱글거리며 대답했다.

그때였다.

"아호!"

이 층에서 젊은 여인의 목소리가 들리는가 싶더니 이내 소홍이 우탕탕탕! 소리를 내며 계단을 내려왔다. 십삼매가 한숨을 내쉬며 고개를 설레설레 저었다.

"아호는 이미 한 사내의 몫을 해내고 있는데, 저 아이는 아직도 저리 어린 소녀 같으니······."

단숨에 계단을 뛰어 내려와 대청에 모습을 드러낸 소홍

은 담호를 보고는 활짝 웃으며 달려들려고 했다. 하지만 곧바로 그 주변에 앉아 있는 이들을 확인하고는 황급히 표정과 자세를 고치며 우아하게 인사했다.

"소홍이 여러 숙부들을 뵙습니다."

"이미 늦었단다, 그렇게 조신한 숙녀 행세를 하기에는."

십삼매의 조곤조곤한 말에 소홍의 얼굴이 와락 붉어졌다. 하지만 그녀는 이내 새침데기처럼 코를 높이 들고는 당당히 걸어와 십삼매 옆에 자리를 잡고 앉았다.

십삼매가 물었다.

"네 언니들에게는 모두 대피하라고 전달했니?"

"네, 언니. 하지만 모두 이곳에 남아 언니를 돕겠다고 하셨어요."

십삼매는 그럴 줄 알았다는 듯한 표정을 지으며 고개를 살짝 꺾었다.

"도움이 되는 것보다 짐이 될 확률이 더 높겠지만 어쩌겠니? 그녀들의 마음을 거절할 수도 없으니."

"언니들도 다들 고수잖아요? 다들 제 한 몸은 지킬 수 있으니 너무 걱정하지 않으셔도 될 거예요."

소홍이 달래듯 그렇게 말했다.

홍화루의 이 층은 각각 독립된 이십여 개의 방으로 구성되어 있었는데, 대부분 이곳 기녀들의 거처로 사용하의 포위망에서 무사히 빠져나오기만을 기다리고 있을 수도 없었다.

무엇보다 놈들은 이미 오대가문의 최정예 고수들과 백팔원로까지 총동원한 상태였다.

과연 화평장과 무림오적이 그들의 마지막 목표일까? 아니면 그 뒤에 또 더 큰 계획이 숨겨져 있을까?

'어쩌면 나와 황계의 조직을 모조리 몰살하려 들 수도.'

그게 십삼매의 추측이었다.

상대는 어디까지나 종리군. 무림오적의 후보 중 한 명이었고, 또 누구보다 황계와 십삼매에 대해서 제대로 알고 있는 인물이었다.

그런 그가 이런 엄청난 규모의 고수들을 동원하면서도, 그것도 사천 성도부까지 들이닥치게 했으면서도 과연 십삼매와 황계를 도외시했을까.

그건 아닐 것이다.

또 그래서 십삼매는 기녀들을 대피시키고자 한 것이었다. 이곳을 최후의 보루로 삼아서 십이백야와 오십이 명의 황백, 그리고 무림오적들로 저들의 파상공세를 막으려 한 것이었다.

그녀가 쉽게 결단을 내리지 못하고 계속해서 고민하고 있을 때, 강만리가 마치 그녀를 대신하는 것처럼 입을 열었다.

밝혀지는 비밀들 〈147〉

"뭐 어떻게 하기는 뭘 어떻게 해? 당연히 놈들의 뒤를 잡아야지."

강만리의 말에 십삼매는 눈을 동그랗게 뜬 채 그를 돌아보았다. 강만리는 언제나처럼 엉덩이를 긁적이며 말을 이어 나갔다.

"우리가 나올 때 봤잖아? 모르기는 몰라도 그 애송이, 죽어도 도망치지 않을 거야. 그렇다고 혈천노군들 셋이서만 빠져나올까? 아니, 나는 결국 그들 역시 그 애송이 때문에 죽을 때까지 그곳에서 싸우리라고 생각해."

"그건 또 무슨 이유에서인데요?"

화군악의 물음에 강만리는 마치 당연하다는 듯 대꾸했다.

"그야 그 애송이가 유령신마의 손자일 가능성이 매우 크니까."

강만리의 무덤덤한 말에 화군악은 물론 대청에 앉아 있던 모든 이들이 깜짝 놀란 표정이 되었다. 십삼매 역시 눈을 휘둥그레 뜬 채 자신이 그에게 그 사실을 말한 적이 있었나 기억을 더듬어야 했다.

2. 흡공탈정심마공(吸功奪精心魔功)

"그렇지 않고서야 저 유령교에 미친 허 노야가 그렇게

끔찍하게 그 애송이를 돌보지 않았을 테니까."

 강만리는 계속해서 말했다.

 "허 늙은이가 그 애송이를 싸고돌 때부터 계속 짐작은 하고 있었지. 결국 그에게 있어서 그 애송이는 오대가문과 태극천맹을 상대하기 위해 만든 전투 병기가 아니라, 다음 세상 때 천하를 지배할 유령교의 교주였던 게지."

 입을 쩍 벌린 채 이야기를 듣고 있던 화군악이 십삼매를 돌아보며 물었다.

 "그게 사실입니까?"

 십삼매는 잠시 머뭇거리다가 "하아." 하고 한숨을 쉬며 고개를 끄덕였다.

 "맞아. 사실이야."

 "역시."

 강만리는 어깨를 으쓱거렸다.

 "세상에."

 "그랬구나. 그래서 그 허 노야가 그렇게 소야를 싸고돌았던 거로구나."

 사람들은 그제야 왜 허신방이 그토록 위천옥을 끔찍하게 아끼고 위했는지 알 수 있었다.

 허신방은 유령교의 봉공인 동시에 그 누구보다도 유령교를 따르는 신봉자였다. 유령교의 미래보다 중요한 건 그에게 없었다.

그는 교주 유령신마에게 충성하지 않았다. 그에게는 교주보다 유령교가 더 우선이었다. 만약 유령교의 더 나은 미래가 있다면 얼마든지 위천옥을 내칠 수도 있는 인물이었다.

"확실히 소야는 유령교의 교주인 유령신마의 하나뿐인 손자랍니다."

십삼매가 입을 열었다.

대청의 모든 이들이 그녀에게 시선을 집중했다. 특히 그녀의 옆자리에 앉아 있던 소홍의 눈빛은 한없이 파르르 떨리고 있었다.

"과거 허 노야가 수소문 끝에 유령신마와 절연했던 아들을 찾았고, 결국 그에게서 위천옥을 빼앗아 차기 교주로 만들 계획을 시작했죠. 저를 제외한 그 누구에게도 알리지 않은 비밀스러운 계획을요."

십삼매의 말에 의해 차츰 하나둘씩 비밀들이 벗겨져 나가고 있었다.

"사실 위천옥의 자질은 공적십이마 어르신들이 보기에도 놀라울 정도로 뛰어났답니다. 하기야 그렇지 않았더라면 허 노야가 그를 차기 교주로 옹립할 꿈조차 꾸지 않았겠지만 말이에요."

"으음. 그래서 공적십이마들은 그가 유령신마의 손자인지 모른 채 무공을 가르치고 키운 겐가?"

강만리의 질문에 십삼매는 고개를 끄덕이며 말했다.

"맞아요. 워낙 자질이 훌륭한 데다가 또 허 노야가 말하기를 '오대가문과 태극천맹을 몰살시킬 최종 병기'라고 설득한 까닭에 공적십이마 어르신들은 당신들의 절기를 아낌없이 전수해 주셨죠. 거기에다가……."

"거기에다가 모든 영약을 아낌없이 먹였겠고?"

"그것도 그렇지만……."

십삼매가 살짝 말꼬리를 흐리자 사람들의 눈이 더욱 커졌다. 지금 그녀의 말이나 표정은 곧 공적십이마의 절기에 수많은 영약보다 더한 것이 있다는 뜻이 아니던가.

십삼매는 계속해서 말했다.

"어떻게 구했는지 허 노야가 흡공탈정심마공(吸功奪精心魔功)을 전수하게 되면서 위천옥의 내공은 그야말로 순식간에 공적십이마 어르신들과 비슷해졌답니다."

"흡공탈정심마공!"

"세상에!"

"이런!"

일순 장예추와 만해거사, 그리고 담우천이 동시에 소리쳤다.

무림사(武林史)에 일천한 강만리가 답답하다는 듯이 빠르게 물었다.

"아니, 도대체 흡공탈정심마공이 뭔데 다들 그렇게 놀

라는 거야?"

* * *

과거 마교(魔敎)가 있었다.

마교는 세상의 모든 사람이 평등하다는, 황제나 귀족, 평민과 노예들 모두 각자 똑같은 무게를 지닌 하나의 생명이라는 해괴한 교리를 들고 나서서 세상 모든 힘들고 어려운 이들의 등불이 되고자 하였다.

또 그러한 까닭에 마교는 결국 조정의 분노를 샀고, 나라는 물론 모든 무림인에게 공격을 받게 되며 이후 백 년 가까운 세월 동안 끈질긴 항쟁(抗爭)을 벌여야 했다.

결국 궁지에 몰린 마교는 음양마라강시를 제조하여 병사와 무림인들과 맞서려 했지만, 또 그게 그동안 방관하던 사마외도(邪魔外道)까지 전쟁에 합류하게 만드는 계기가 되면서 결국 마교는 역사의 뒤안길로 사라지고 말았다.

흡공탈정심마공은 그 마교의 무공 중 하나였다.

적의 공력을 흡수하여 자신의 내공을 높이고, 상대의 정기를 빨아들여서 내 생명력을 높이는 마공(魔功).

그와 비슷한 무공이라 할 수 있는 채음술(採陰術)이나 채양술(採陽術)의 경우에는 성별이 달라야 하거나 혹은 반드시 육체적인 접촉이 있어야 한다는 제한이 있었지만 흡공탈정심마공은 전혀 그렇지 않았다.

남자건 여자건, 어린아이이건 늙은이이건 가릴 것 없이 상대의 맥문을 잡거나 명문혈을 통해 얼마든지 그 공력을 흡수하고 정기를 빨아들일 수 있었다.

그 흡공탈정심마공에 당한 자들의 시체는 마치 모든 생명력이 빨려 나간 강시처럼 되었으니, 마교가 수만의 강시를 부려 천하를 지배한다는 소문은 바로 거기에서 비롯되었다고 할 수 있었다.

거기까지 설명을 들은 강만리는 저도 모르게 끄응, 앓는 소리를 내면서 엉덩이를 긁적였다.

마교가 멸망하면서 사라졌던 음양마라강시가 느닷없이 세상에 모습을 드러내더니, 이제는 역시 함께 실존되었던 흡공탈정심마공이 허신방을 통해 위천옥에게 전수되었다고 하는 것이다.

사실 따지고 보면 강만리가 복용했던 태양빙옥수 역시 마교의 물건이기도 했으니, 수백 년 전 세상에서 자취를 감췄던 마교의 잔상이 아직도 천하를 지배하고 있는 게 분명했다.

십삼매는 잠시 강만리의 눈치를 살피다가 다시 입을 열었다.

"소야는 어릴 적부터 흡공탈정심마공을 통해서 여러 마인의 공력과 정기를 흡수했어요. 마치 장난감을 가지고 노는 아이처럼, 그리고 장난감에 싫증이 나면 그대로 부수는 못된 아이처럼 소야는 허 노야가 바친 마인들과 손속을 겨루며 놀다가 마지막에는 그들의 내공과 정기를 모두 빼앗는 것으로 마무리했죠."

묵묵히 십삼매의 말을 듣던 담우천은 문득 과거의 기억을 떠올렸다.

고작 열서너 살 정도 되어 보이던 어린 꼬마 앞에서 꼼짝도 하지 못했던 자신의 모습을 기억했다. 그리고 그때 느꼈던 그 압도적인 공포와 두려움이 어디에서 왔는지 이제야 알 것 같았다.

십삼매는 계속해서 말했다.

"그렇게 모든 정성을 기울여 키운 소야가 위험에 처하게 된다면 허 노야는 그동안 감춰 왔던 비밀을 어르신들에게 이야기할 겁니다. 소야가 유령신마 어르신의 손자라고 말이죠."

"그래. 나도 그렇게 생각했거든. 그래서 유령신마나 혈천노군들이 결국 도망치지 못할 거라고 예상했던 거고."

강만리가 문득 고개를 끄덕이며 말을 받았다.

"아무래도 이제 죽을 나이가 가까워진 노인네들이니까. 특히 세상에 남길 게 많은 노인네들이라면 더더욱 그럴 테니까. 제 핏줄이 계속해서 후대로 이어져 천하를 지배하게 만들고 싶다는 그런 망상 같은 게 더더욱 커질 테니까."

화군악도 알겠다는 듯이 중얼거렸다.

"이미 대가 끊어진 줄 알고 있다가 느닷없이 제 혈육이 나타나게 된다면 확실히 앞뒤 가리지 못하겠군그래."

"그래. 그래서 세 노마는 위천옥을 위해 그곳에서 싸울 테고…… 만약 황계에서 그 세 노마를 구하고자 한다면 인원이 모이는 대로 바로 화평장으로 가야 한다는 게 내 주장이었는데……."

"주장이었는데요?"

"아무래도 이미 늦지 않았을까 싶어서."

"네? 아무리 백팔원로라고 해도 천하의 세 노마가 벌써 목숨을 잃을 리는 없을 텐데요."

"물론 원로들만 상대한다면 충분히 버티고 남겠지. 적어도 두어 시진 이상은 말이야."

강만리는 살짝 굳어진 얼굴로 말을 이었다.

"하지만 등 뒤에서 느닷없이 위천옥의 손이 날아와 그 흡공 뭔가 하는 무공으로 노마들을 암습한다면…… 그걸 어떻게 막을 수 있겠어?"

"에이, 설마요."

화군악이 손을 내저으며 말했다.

"아무리 위천옥이 개 같은 자식이라고 해도 설마 그렇게까지 하겠습니까?"

"개 같은 자식이 아니니까."

강만리는 냉정하게 말했다.

"그야말로 악마 같은 자식이니까. 원하는 걸 얻지 못하면 발광하는 다섯 살짜리 어린아이이니까. 그리고……."

그는 십삼매를 똑바로 노려보며 계속해서 말을 이어 나갔다.

"도대체 어쩌자고 그렇게 교육했는지 모르겠지만, 어쨌든 세상 모든 것이, 모든 생명이 오로지 자신만을 위해 존재한다고 믿고 있는 미치광이니까."

십삼매는 가만히 강만리를 마주 보고 있다가 문득 나직한 한숨을 내쉬며 고개를 돌렸다. 그리고 화군악을 비롯한 사람들의 상태를 살피며 입을 열었다.

"어쨌든 도 지배인이 돌아오기까지는 시간이 남아 있으니까 다들 별채로 가서 조금 쉬시는 게 나을 것 같네요."

아닌 게 아니라 확실히 지금 사람들은 지쳐 있었다. 특히 천왕가 금각의 고수들과 치열하게 싸웠던 강만리, 화군악, 장예추는 대부분의 내공을 소진한 후였다.

한 번 소모된 내공은 쉽게 차오르지 않는 법이다. 일할의 내공이 쌓이려면 최소한 한두 시진이 필요했다. 팔할 이상의 내공이라면 하루도 부족했다.

싸운 후, 내공을 소진한 후 무림인들이 운기조식을 하

는 이유가 바로 그 때문이었다.

운기조식이라면 아무것도 하지 않을 때보다 열 배 이상 빠르게 내공이 쌓였다. 그러니 강만리들이 지친 심신을 회복하거나 혹은 재차 싸우기 위해서라도 반드시 운기조식을 해야 했다.

"그렇게 하자."

강만리가 자리에서 일어났다. 사람들도 하나둘씩 자리에서 일어났다. 미리 대기하고 있던 점소이가 그들을 안내하여 대청 후문으로 향했다.

3. 어설픈 흉내 내기

후문을 나서자 넓은 뒷마당이 모습을 드러냈고, 그 너머로 십여 채의 별채가 각각 독립된 구조로 우뚝 서 있었다.

"너는 잠깐 여기 있거라."

문득 담우천이 담호를 불러 세웠다. 담호는 영문도 모른 채 담우천 앞에 공손하게 걸음을 멈췄다.

점소이를 따라 별채로 향하던 강만리가 힐끗 뒤를 돌아보았다가 이내 계속해서 발길을 옮겼다. 진재건이 머뭇거리자 강만리가 돌아보지도 않은 채 말했다.

"자네는 나와 함께 가고."

"네, 강 장주."

진재건은 정중하게 말하며 담우천의 뒤를 따랐다. 만해 거사도 별말 없이 별채로 향했다.

하지만 화군악과 장예추는 걸음을 멈춘 채 두 부자를 지켜보고 있었다.

담우천은 그들을 돌아보고는 살짝 이맛살을 찌푸렸다. 그러나 그게 전부였다. 담우천은 다시 무심한 표정을 지으며 담호를 향해 입을 열었다.

"전력을 다해서 나를 공격해 보거라."

"네?"

전혀 생각하지도 않던 부친의 이야기에 담호의 눈이 휘둥그레졌다. 담우천은 계속해서 말했다.

"삼 초 동안은 반격하지 않으마. 최선을 다해야 한다. 어서 공격하라."

담호가 계속 머뭇거리자 팔짱을 낀 채 지켜보고 있던 화군악이 웃으며 말했다.

"괜찮아. 네 실력이 어느 정도인지 확인하시려는 것뿐이니까. 설마 네가 전력을 다하면 네 부친이 다칠 거라고 생각하는 건 아니겠지?"

아름드리나무에 등을 댄 채 구경하고 있던 장예추도 한마디 거들었다.

"이왕 하는 거, 네가 가진 걸 모두 쏟아부어라. 후회 한 점 남지 않도록."

담호는 입술을 깨물었다.

그제야 지금의 상황을 이해한 듯 그는 천천히 칼을 뽑아 들었다. 한 발을 앞으로 내밀고 칼을 중단에 세우는 그의 자세에서 서릿발 같은 예기가 뻗어 나오기 시작했다.

"좋은 자세다."

화군악이 감탄하듯 중얼거렸다.

담호는 호흡을 가다듬었다.

자신의 아버지에게 그동안 익히고 수련했던 모든 과정의 결과를 보여 드리는 순간이었다. 당연히 조금도 허투루 할 수가 없었다.

담호는 전신의 모든 내공을 끌어올렸다. 동시에 가장 손에 익었던 도법을 펼치려고 했다. 하지만 다음 순간 그의 마음이 갑자기 바뀌었다.

'이왕 보여 드릴 거라면……'

담호는 길게 이어지던 호흡을 한순간 닫았다. 동시에 그의 내공이 폭발하듯 터져 나왔다.

순간 갑자기 그의 칼이 붉게 타오르는가 싶더니 어느새 이글거리는 화염(火焰)으로 뒤덮이기 시작했다.

담우천의 눈빛이 희미하게 움직이고, 장예추와 화군악

의 동공이 커지는 동시에 담호가 소리쳤다.

"조심하십시오!"

화염에 휩싸인 듯한 칼이 허공을 내리그었다. 주변 공기가 화르륵! 불에 타오르고 공간이 불길에 휩싸였다.

화군악은 깜짝 놀라는 동시에 저도 모르게 고개를 갸웃거렸다.

그건 처음 보는 광경이었다.

마치 무적가의 절정고수들이 담우천 주변으로 화구(火球)를 폭발시킨 듯한 광경이었다. 무엇보다 담호와 함께 대륙을 돌아다니는 와중에 단 한 번도 보지 못했던 도법이었다.

언제 저런 도법을 익힌 것일까. 또 도대체 누가 담호에게 저런 도법을 가르쳐 주었을까. 왜 담호는 지금까지 저런 무시무시한 도법을 숨기고 있었을까.

"대단한 화염도법(火焰刀法)이다. 어지간한 상대라면 손쓸 새도 없이 죽겠군."

장예추가 중얼거렸다. 화군악도 고개를 끄덕였다.

"저 한 수만으로 이제 담호가 우리와 어깨를 나란히 해도 되겠다는 걸 보여 주는군."

장예추와 화군악이 동시에 인정할 정도로, 담호의 화염도(火焰刀)는 맹렬한 기세로 공기를 가르며 담우천의 주변을 불태웠다.

반면 담우천은 그 불길이 번지는 반대편으로 어깨를 틀었다가 다시 허리를 꺾는 식으로 담호의 불붙은 칼을 피해 냈다. 놀랍게도 여전히 그의 두 발은 지면에서 단 한 발짝도 움직이지 않았다.

순식간에 일 초가 지나갔다.

담호는 화염도를 휘두르다가 제풀에 지친 듯 뒤로 물러서는가 싶더니 이번에는 칼을 검처럼 고쳐 쥐고는 마치 춤을 추듯 부드럽고 유연하게 검무(劍舞)를 펼치기 시작했다.

지켜보던 화군악이 놀란 눈으로 소리쳤다.

"태극혜검!"

아닌 게 아니라 지금 담호는 태극혜검을 펼치고 있었다. 화군악이 저 무당산 무애암에 새겨진 검흔을 보고 얻었던 깨달음 그대로, 담호는 한없이 유려하면서도 막힘이 없고 끊어짐이 없는 검식(劍式)을 연달아 이어 내고 있었다.

순간 무심하던 담우천이 벼락처럼 소리쳤다.

"어설픈 흉내 내기로 감히 나를 상대할 수 있다고 생각하느냐!"

그 사자후 같은 일성(一聲)에 담호의 동작이 한순간 움찔거렸다. 동시에 물 흐르듯 이어지던 검의 길이 막히고 끊겨서 더는 이어지지 못했다.

담호의 얼굴이 일그러졌다. 방금 그 사자후로 인해 외려 담호가 내상을 입은 듯 보였다.

하지만 담호는 게서 멈추지 않았다. 그는 이를 악문 채 마지막 남아 있던 내공 한 방울까지 모두 끌어올려 칼을 내질렀다.

마치 한 마리 붉은 용이 허공을 날아오르는 듯한 착각 속에서 그의 칼이 허공 높이 솟구쳤다가 정확하게 담우천의 정수리에 내리꽂혔다. 그야말로 눈 깜짝할 사이에 담우천의 전신은 반토막이 났다.

하지만 그 반토막이 났던 담우천의 모습은 이내 환영처럼 사라졌다. 담호는 황급히 몸을 돌렸다. 바로 그곳에 담우천이 우뚝 서 있었다.

"환섬신루……."

담호가 중얼거렸다.

신기루와 같은 환영을 보여 주는 보법이 극성(極成)의 경지에 다다랐을 때 과연 어떤 광경이 벌어지는지 똑똑하게 보여 주고 있었다.

짝짝짝!

지켜보고 있던 화군악이 손뼉을 치며 말했다.

"삼 초가 지났습니다, 이제."

담호는 길게 호흡을 들이마시면서 천천히 칼을 칼집에 꽂았다. 그러고는 담우천을 향해 허리를 숙이며 인사했다.

"부끄러운 실력입니다, 아버님."

"알면 됐구나."

담우천은 매정하다 싶은 정도로 야박하게 말했다.

"첫 번째, 세 번째 도법은 그렇다 치더라도 두 번째의 그것은 도대체 무엇이더냐? 투로만 흉내 낸다고 해서 그 검법이, 그 무공이 원래 지니고 있던 파괴력과 무위까지도 똑같이 낼 수 있다고 생각한 게냐? 그런 어리석은 생각이 어디 있더냐!"

담우천의 꾸짖음은 실로 지엄하기 그지없어서 막 담호를 칭찬하려 했던 화군악은 자신도 모르게 무안한 표정을 지어야만 했다.

"죄송합니다."

담호는 솔직하게 사과했다.

"그동안 제가 보고 배우고 익히고 깨우쳤던 모든 것을 선보이는 자리라고 생각한 까닭에 그런 어리석은 행동을 하고 말았습니다. 더불어 화 숙부께도 죄송합니다."

"아니, 아니야!"

화군악은 저도 모르게 손사래를 치며 소리치듯 말했다.

"나는 정말 깜짝 놀랐거든? 물론 군데군데 부정확하고 어긋나며 막힌 듯한 부분이 없지는 않았지만, 그래도 초반만큼은 마치 내가 펼치는 것처럼 완벽했으니까."

감탄하며 말하던 화군악은 문득 팔짱을 끼며 덧붙였다.

"하지만 확실히 아깝기는 하네. 만약 나라면 네 부친의 사자후에 놀라 검로를 엉망으로 만들지 않았을 테니까 말이지."

담호는 더욱 미안하다는 표정을 지으며 사과했다.

"그게 모두 제 노력이 부족한 까닭입니다."

"아니지, 아냐. 내 태극혜검을 거기까지 흉내 낸 것만으로도 엄청난 거라니까? 도대체 언제 그렇게 익힌 거야?"

"그게……."

담호는 계속해서 화군악과 이야기를 주고받아도 되는지 힐끗 담우천을 바라보았다. 지그시 눈을 감고 있는 것으로 보아 아무래도 대화를 허락한 듯 보였다.

담호는 조심스레 입을 열었다.

"그간 화 숙부께서 펼치셨던 모든 검로를 기억하고 따라 했을 뿐입니다. 말도 하지 않은 채 훔쳐 배운 건 사과드립니다."

"아니지, 그것도 아니지. 원래 눈으로 훔쳐 배우는 무공은 누구도 뭐라고 말할 수가 없거든. 만약 그걸 가지고 뭐라고 하는 사람이 있다면 당장 내 앞에 데리고 와. 아예 두 번 다시 말하지 못하도록 목을 자를 테니까."

거기까지 말한 화군악은 아쉽다는 표정을 감추지 않은 채 말을 이었다.

"하지만 역시 네 부친 말씀대로 고유의 심법, 즉 무당파의 심법을 익히지 않은 상태에서, 완벽한 깨달음 없이 그저 검로만 따라 펼치는 태극혜검은 절대로 그 위력을 제대로 발휘할 수 없거든. 십분지 일? 아니, 그 정도만 발휘해도 정말 까무러칠 정도로 놀라운 일일 거다."

가만히 듣고 있던 장예추가 불쑥 입을 열었다.

"그렇다면 네가 그 무당파 심법을 가르쳐 주면 되지 않겠어? 틈틈이 깨우침에 관한 조언을 해 주고 말이야."

"뭐 깨우침에 관한 조언이야 언제든지 해 줄 수 있기는 하지만…… 역시 무당파 심법을 가르치는 건 좀 그렇거든."

화군악은 난색을 취하며 말했다.

"마누라가 그랬거든. 자신의 허락 없이 절대 그 누구에게도 이 심법을 가르치지 말라고 말이야. 마치 오늘 이 상황을 예견이라도 했던 것처럼 말이지."

"흐음. 역시 문외불출(門外不出)이라 이건가? 그래도 그것보다는 차라리 비인부전(非人不傳)이 더 나을 텐데."

장예추는 혼잣말처럼 중얼거렸다.

문파 내부의 악인이나 멍청이들에게 가르치는 것보다 선량하고 자질이 뛰어난 외부인에게 전수하는 것이 세상을 위해서는 훨씬 나은 선택이었다.

하지만 누가 그렇게 자신들의 무공을 밖으로 유출하면서까지 세상을 위하려 들겠는가.

장예추는 그런 생각을 지우면서 입을 열었다.

"그럼 내가 가르쳐 주지."

"음?"

"네?"

화군악과 담호가 동시에 장예추를 돌아보았다.

4. 담호를 잘 부탁한다

"내 첫 번째 선사(先師)가 태을마군(太乙魔君)이셨잖아?"

장예추는 침착한 어조로 말했다.

"훨씬 나중에 알았지만 선사께서는 원래 무당파 제자이셨거든. 그러니 내 무공의 근원도 무당파라고 할 수 있겠지."

"아!"

화군악이 고개를 끄덕였다. 장예추가 계속해서 말했다.

"선사께 배운 무공 중에 십단금공(十段錦功)이라는 심

공(心功)이 있다. 그거라면 충분히 네 태극혜검의 위력을 뒷받쳐 줄 수 있을 거다."

담호가 머뭇거리자 화군악이 눈을 부라리며 말했다.

"뭘 하고 있어? 얼른 사부께 절하지 않고서!"

담호가 움찔거렸다. 화군악이 답답하다는 듯 말했다.

"후배에게 한 수 조언을 해 주는 것만으로도 충분히 스승의 자격이 있지. 하물며 저 무당파의 내공을 전수해 주겠다는 거잖아? 당연히 사부로 모셔야……."

"됐다. 무슨 얼굴에 금칠하기 위해서 가르쳐 주겠다고 한 것도 아닌데."

장예추가 끼어들었다.

"그저 담호가 조금 더 빨리 성장해서 실질적으로 우리와 어깨를 나란히 하게 된다면 지금 이 상황에서 큰 도움이 되지 않을까 싶어 나선 것뿐이다. 네 사부가 될 생각은 없으니 그저 지금처럼 숙부라고 부르면 된다."

"쳇. 하지만 설 형님이 이 녀석에서 처음 가르침을 내려 줬다고 첫 스승 운운하는 게 영 짜증 났었는데 말이지."

"그럼 조금 전 태극혜검의 깨우침에 대해 조언해 준다고 했으니 네가 직접 담호의 사부가 되면 되겠네."

"아니, 뭐 꼭 그럴 것까지는."

말을 얼버무리던 화군악은 이내 머리를 벅벅 긁으며 한

숨을 쉬었다.

"하기야 담호 너에게 사부 소리 듣는 것도 머쓱하고, 또 똥보 주인장에 대한 예의도 아닌 것 같네. 좋아. 가르치는 건 가르치는 거고, 그것과 상관없이 예전과 똑같이 대하면 된다. 알겠지?"

"감사합니다, 화 숙부."

담호가 활짝 웃으며 고개를 숙였다. 화군악은 흐뭇한 미소를 띤 채 그를 지켜보다가 문득 생각났다는 듯한 표정으로 다시 입을 열었다.

"그런데 말이지. 마지막 세 번째 초식은 뭐 그 유주의 혁자룡인가 하는 자의 자룡도법 같았는데, 첫 번째 초식은 아무리 생각해도 모르겠단 말이지. 언제, 누구에게 배운 도법이야, 그건?"

담호는 살짝 망설이다가 곧바로 대답했다.

"저귀 사부의 무공입니다."

"저귀? 아, 그 똥보 주인장?"

"네. 원래는 적염화(赤炎火)라는 지공(指功)인데, 그걸 도법으로 응용해 보았습니다."

담호는 부끄럽다는 표정을 애서 감추며 말을 이었다.

"나름대로 틈틈이 익힌다고는 했지만 아직 사 오 성 경지에 불과해서…… 사부께서는 절정에 이른 적염화는 순식간에 장원 한 채를 모두 불태워 버릴 정도의 위력을 지녔다고 하셨거든요."

"호오. 그런 비장의 한 수가 있었단 말이지? 그런데 내가 그리 애절하게 부탁했는데도 곡즉원(曲卽圓)이니 뭐니 하는 애매하기 그지없는 말로 떼어먹으려 했으니 원."

"아니, 그건 애매한 말이 아니에요."

담호가 발끈하듯 말했다.

"사부께서는 과거 조사께서 그 한 구절에서 깨달음을 얻으시고 천하에 홀로 우뚝 섰다고 하셨어요. 또 아버님 역시 그 구절로 깨우침을 얻으셔서 일원검을 창안하셨고요."

"그건 맞는 말이다."

지그시 눈을 감고 있던 담우천이 천천히 눈을 뜨면서 입을 열었다.

"나 역시 똥보 주인장에게서 들은 화두는 곡즉원 하나뿐이었으니까."

그렇게 말한 담우천은 문득 화군악과 장예추를 돌아보고는 정중하게 두 손을 모으고 고개를 숙였다. 그 모습에 깜짝 놀란 화군악과 장예추가 무슨 영문인지 몰라 당황해하며 황급히 말했다.

"아니, 왜 갑자기 그러십니까?"

"얼른 고개를 드세요."

하지만 담우천은 여전히 고개를 숙인 채 담담한 어조로

두 사람에게 말했다.

"두 사람 모두 고맙다. 앞으로 담호를 잘 부탁하마."

화군악과 장예추는 서로를 돌아보았다. 그제야 지금 담우천이 고개를 숙인 이유를 알 수 있었다. 역시 부모는 어쩔 도리가 없는 모양이었다.

화군악이 빙긋 웃더니, "허험." 하고 요란하게 헛기침을 하며 말했다.

"내 가진 재주가 비록 미약하기는 하지만 앞으로 담 형님의 아들에게 내가 깨우친 모든 걸 가르쳐 주겠다고 약속하겠습니다."

마치 한 아이의 사부가 된 자가 그 아이의 부친에게 말하듯, 화군악은 그렇게 진지함을 담아 말했다. 장예추 또한 희미한 미소를 지은 채 말했다.

"가르치기만 할 뿐입니다. 온전하게 익히는 건 오롯하게 담호의 몫이니까요."

"어쨌든 고맙네. 훗날 자네들의 아이들이 필요로 할 때나 역시 언제든지 또 얼마든지 가르쳐 주겠네."

"정말이죠, 담 형님? 약속 무르기 없깁니다."

화군악이 반색하며 말했다. 장예추도 웃으며 고개를 끄덕였다.

"그렇다면 나나 군악의 아이들에게는 사상 최강의 사부가 생기게 되겠군요."

담호도 조심스럽게 말했다.

"저도 별것 없지만 열심히 돕겠습니다."

"응? 너도? 푸하하하! 이거야말로 상부상조(相扶相助), 바로 그 자체가 아니더냐?"

유쾌하게 웃는 화군악의 목소리가 한여름 오후 하늘 높이 퍼지고 있었다.

* * *

도 지배인의 연락을 받고 십이백야, 오십이 황백이 모두 모인 건 그로부터 한 시진이 훌쩍 넘은 후의 일이었다. 꽤 시간이 흐른 까닭에 서쪽 하늘로 기울어진 해는 이미 노루 꼬리만큼 남아 있었다.

물론 그동안 십삼매가 아무것도 하지 않은 채 마냥 기다리고 있기만 한 건 아니었다.

그녀는 황계의 조직망을 이용하여 화평장의 상황을 살폈고, 그들로부터 시시각각 보고를 받으며 계속해서 대책을 강구했다.

하지만 십이백야와 오십여 황백이 홍화루에 집결하기 일 각여 전, 그녀는 백팔원로회의 노기인들이 화평장을 떠난다는 보고를 접하고야 말았다.

백팔원로의 철수.

밝혀지는 비밀들 〈171〉

그건 다시 말해서 화평장 상황이 모두 끝났다는 의미와 다르지 않았다.

십삼매는 깨문 입술이 찢어져 피가 날 정도로 초조했지만 절대 함부로 움직이지 않았다. 백팔원로의 칼날이 자신과 황계에게 겨눠질 수 있는 상황에서 그녀는 무리보다 신중을 택했다. 세 명의 노마와 위천옥의 안위보다는 남은 황계 전원의 안전을 선택했다.

이윽고 모든 노고수들이 자리를 뜬 게 확인되고 때마침 십이백야와 오십이 황백이 모두 모인 후, 십삼매는 그들을 동원하여 화평장의 상황을 확인하는 동시에 어디론가 사라진 백팔원로의 흔적을 뒤쫓기로 했다.

그리도 다시 반 시진 후.

해가 긴 여름날이었지만 이미 날은 저물었다. 사방이 어두워진 가운데 객잔과 기루에서 흘러나오는 불빛만이 거리를 비추고 있었다.

이윽고 화평장의 수색을 맡았던 이들이 돌아왔다. 그들의 보고는 참담하기 이를 데가 없었다.

저 전설의 마두였던 혈천노군과 유령신마, 그리고 무상검마까지 모두 목숨을 잃은 채 처참한 몰골의 시신으로 변해 있었다. 또한 허신방을 비롯한 그의 심복들 모두 형체를 알아볼 수 없는 시신으로 땅바닥에 나뒹굴고 있었다.

물론 그들이 일방적으로 당한 건 아니었다.

보고에 의하자면 노마들의 주변에는 약 이십여 명가량의 원로들이 목이 잘리고 심장에 구멍이 뚫린 채 쓰러져 있었으며, 화평장 곳곳에 또 다른 이십여 구의 시신들이 아무렇게나 흩어져 있었다고 했다.

그리고 그중 화평장의 암기나 독, 기관진식에 당한 노기인들도 몇 있기는 했지만 대부분 거칠고 잔악한 손에 온몸이 갈기갈기 찢어져 있었다고 했다.

어쨌든 그야말로 참담한 보고였다.

십삼매는 이를 악물며 눈물을 참았다.

무엇보다도 혈천노군의 죽음은 그녀에게 커다란 타격을 안겨 주었다. 공적십이마 중에서 유일하다고 해도 과언이 아닐 정도로 그녀를 아끼고 지탱해 주었던 사람이 바로 혈천노군 한백겸이었다.

십삼매는 크게 숨을 내쉬면서 호흡을 가다듬고는 천천히 입을 열었다.

"그러니까……."

그렇게 말하는 십삼매의 눈동자에는 지금까지 단 한 번도 보여 주지 않았던 살기가 검은빛으로 일렁이고 있었다.

"위천옥, 그 아이만 찾을 수가 없었다는 거지? 화평장 그곳에서?"

6장.
여인(女人)의 복심(腹心)

"자기는 앞으로 나만 믿어. 내가 다 알아서 해 줄 테니까.
내가 하라는 대로만 하면 돼.
내가 하지 말라는 건 절대로 하지 않으면 돼.
그러다 보면 어느새 담호를 훌쩍 뛰어넘어
일대종사(一代宗師)의 위용을 갖추게 될 테니까."
담호라는 이름 때문일까, 아니면 일대종사라는 단어 때문일까.
소자양은 충혈된 눈을 부릅뜨며 허공을 노려보았다.

여인(女人)의 복심(腹心)

1. 반드시 죽여야 할 사내의 이름

"어찌 되었습니까?"

"그 종리 총사라는 자의 말이 예언처럼 정확했습니다. 우리가 갔을 때는 이미 오대가문 중 세 가문의 최정예 고수들이 몰살당한 후였고, 공적십이마의 혈천노군, 유령신마, 무상검마와 정체를 알 수 없는 어린 청년과 그를 따르는 이삼십 명만이 모여 있었습니다."

"무림오적은 아무래도 먼저 도망쳤던 것 같습니다. 공적십이마들 또한 도망치는 걸 두고 갑론을박을 벌이고 있었으니까요."

"어쨌든 공적십이마의 노괴물과 싸우던 와중에 결국

마흔한 분이 죽고, 쉰일곱 분이 적잖은 상처를 입으셨습니다. 그 공적십이마라는 작자들이 그리도 강했는지 새삼 알게 되었습니다."

"하지만 무엇보다 놀라운 건 그 어린 청년이었습니다. 우리 백팔원로를 비롯한 백사십오 명의 전대 고인들이 펼친 포위망을 뚫고 홀로 도주했으니까요. 거기에다가 돌아가신 마흔한 분 중 절반 가까이나 그자에게 당했습니다."

"그 와중에 기이한 광경을 목격할 수가 있었습니다. 궁지에 몰렸던 그 청년이 갑자기 자신의 주변을 지키고 있던 한 노인의 등에 손을 대고 단숨에 죽였습니다. 노인이 그때 '소야! 이러시면…….' 이라고 소리쳤던 것 같았는데 확실하지는 않습니다."

"그런 장면은 또 있었습니다. 유령신마 역시 그 어린 청년이 명문혈을 짚는 바람에 목숨을 잃었으니까요. 아, 물론 그 전에 상당한 중상을 입기는 했습니다만."

"그렇게 청년에게 당한 두 노인 모두 피골이 상접한 채로 죽었습니다. 마치 모든 정기를 한순간에 잃어버린 것처럼 말입니다."

"청년은 그때마다 다시 활력을 찾은 듯 격렬하게 싸우다가 결국 세 노마와 모든 수하들이 목숨을 잃게 되자, '반드시 복수하마!'라고 소리치며 장원을 빠져나갔습니다. 그 와중에 청년에게 붙잡힌 노고수들은 사지가 갈기갈기 찢기거나 혹은 해골만 남긴 채 목숨을 잃었습니다."

여인, 태극천맹의 정보 조직인 비선(秘線)의 책임자 천소유는 자신의 지시에 따라 백팔원로와 함께 행동하며 상황을 살폈던 비선 수하들의 보고를 받으며 낯을 찌푸렸다.

이걸 성공이라고 해야 할지, 실패라고 해야 할지 도저히 감을 잡을 수가 없었던 까닭이었다.

물론 정사대전 이후 수십여 년 동안 그 뒤를 쫓았던 세 명의 공적을 해치운 건 확실하고도 커다란 성과였다.

태극감찰밀이나 다른 오대가문에서 하지 못한 공적을 세운 것이었다. 그것만으로도 앞으로 태극천맹 내에서 비선의 존재감이 더욱더 커질 게 분명했다.

하지만 무림오적을 놓쳤다.

그 정체와 신분이 불확실한 종리 총사라는 자의 정보에 따르자면 버드나무길 골목 안쪽의 화평장에는 반드시 무림오적이 있었어야 했다.

하지만 백팔원로가 당도했을 때는 이미 그 자리에서 자취를 감춘 뒤였다. 역시 강만리라는 자의 재빠른 눈치 때문일까. 아니면 종리 총사의 정보에 허점이 있었던 것일까.

또 하나.

천소유를 가장 당황하게 만든 건 역시 그 어린 청년이라는 인물이었다.

 보고를 듣건대 전설의 반안(潘安)처럼 잘생긴, 약관이 채 되지 않아 보이는 어린 청년이라고 했다.

 그런데 놀랍게도 혈천노군과 같은 천하의 노괴물들에게 반말을 하는 건 물론, 그 무위 또한 그 세 노괴물과 견주어도 한 점 뒤처짐이 없다고 했다.

 믿어지지 않는 보고였다.

 백여 장 안에서 끝까지 지켜보았던 심복들의 보고였지만 아무리 생각해도 믿을 수가 없는 보고였다.

 창밖으로 달이 뜬지도 모른 채 심사숙고하던 천소유는 결국 길게 한숨을 내쉬며 고개를 설레설레 흔들었다. 그러고는 여전히 혼란한 마음을 정리하듯 힐끗 창밖으로 시선을 돌리며 입을 열었다.

 "원로들은요?"

 "이곳 대읍(大邑)으로 귀환하시는 중이십니다."

 대읍은 사천성의 큰 도읍 중 하나로, 성도부에서 서쪽 청성산(靑城山)으로 가는 길목에 자리하고 있었다.

 성도부 서문을 빠져나가 반나절도 채 안 걸리는 거리였으니 백팔원로를 비롯한 비선이 거점으로 삼기에는 최적의 도읍이라 할 수 있었다.

 물론 그 역시 종리 총사가 보낸 전갈에 포함되어 있었

고, 천소유는 그의 조언에 따라 이곳 대읍을 거점으로 삼았다.

〈성도부는 황계의 본산입니다. 그곳에 머문다면 언제든지 그들의 흉계와 함정에 빠질 수 있습니다. 그러니 차라리 성도부 주변, 언제든지 그곳을 오갈 수 있는 도읍에 거점을 잡는 것을 추천하는 바입니다.
 제가 추천하는 도읍으로는 서쪽의 대읍, 북쪽의 금당, 그리고 동쪽의 갑양이…….〉

 종리 총사가 보낸 전갈은 무려 열 장이나 되는 종이에 여러 정보들이 빼곡하게 적혀 있었다.
 그 가운데에는 내부자가 아니면 도저히 알기 힘든 정보들도 많아서, 천소유는 어쩌면 이 종리 총사라는 인물이 강만리의 또 다른 이름인 동시에 그녀를 함정으로 이끌고자 이런 전갈을 보낸 게 아닐까 하고 의심했다.
 하지만 비선 또한 태극천맹의 정보 조직이었다.
 그녀는 곧 종리 총사의 정보대로 무적가와 천왕가, 그리고 철목가의 고수들이 성도부를 향해 모여들고 있다는 정보를 획득했고, 고민 끝에 백팔원로와 무림십왕, 그리고 무림오적과 악연이 있는 노기인들을 한데 모아 성도부로 보냈다.

여인(女人)의 복심(腹心) 〈181〉

동시에 그녀 또한 사천성까지 달려와 대읍 땅에 머물면서 지금의 이 상황을 총지휘하는 중이었다.
"어쨌든 고생들 했습니다."
천소유는 심복들을 둘러보며 말했다.
"하지만 비선의 모든 인원을 총동원하였으니 반드시 이참에 무림오적을 몰살해야 합니다. 그러기 위해서는 역시 정보가 가장 중요합니다. 지금 그들이 어디에 묵는지 무얼 하고 있는지 확실히 알아내야 합니다."
심복들은 고개를 숙였다.
"필요하다면 개방은 물론 흑개방까지 이용하세요. 또한 태극감찰밀의 지부 역시 적극적으로 활용하시고요."
천소유는 일곱 명의 심복 얼굴을 하나하나씩 들여다보며 말을 이어 나갔다.
"어쨌든 저 성도부가 황계의 총본산이라 했으니 역으로 그들의 정보망에 걸리지 않도록 조심하는 것도 잊지들 마세요."
"명을 받듭니다."
일곱 명의 심복이 동시에 대답했다.
그때였다. 방문 밖에서 나지막한 소리가 들려왔다.
"원로들과 무림십왕이 도착하셨습니다."
"그래? 우선 편히 쉬시도록 모시고 준비해 둔 의생들을 동원하여 부상당한 분들을 치료하도록 해라. 잠시 후 내가 직접 찾아뵌다고 말씀드리도록 하고."

"그리하겠습니다."

방문 밖의 기척이 사라졌다.

얼마 지나지 않아서 일곱 명의 심복 또한 새로운 명령을 이행하기 위해 자리를 떴다.

그렇게 홀로 남게 된 천소유는 다시 창밖으로 시선을 돌렸다.

둥근 원에 가까운 달이 휘영청 밝았다.

잠시 쳐다보던 천소유는 저도 모르게 긴 한숨을 내쉬었다. 그 달빛 아래 저도 모르게 한 사내의 얼굴을 떠올린 까닭이었다.

"예추……."

천소유는 입술을 깨물었다.

그것은 그녀가 반드시 죽여야 할 사내의 이름이었다.

2. 누님과 자기

"네가 그 축융문의 소문주(少門主)라고?"

"네, 네. 부끄럽지만 그렇습니다."

"그리고 강 오라버니의 제자이기도 하고?"

"네, 사고(師姑)."

"흠. 사고라고 불리니 내가 너무 늙은 것 같다, 얘. 내가 그리 늙어 보이니?"

"아, 아닙니다. 아직 이십 대 초반으로 보입니다."

"그래? 너보다도 어려 보인다는 거야?"

"아, 네. 그건…… 네, 그렇습니다."

"그럼 내가 오라버니라고 불러 줄까?"

"아, 아뇨. 감히 그럴 수는 없습니다. 절대 그럴 수는 없습니다."

소자양은 타오르는 갈증을 참을 수 없어서 황급히 술잔을 들어 벌컥벌컥 들이켰다.

아란은 야릇한 미소를 머금은 채 그런 소자양을 바라보며 더욱 가까이 그에게 몸을 밀착했다. 소자양은 얼굴을 붉게 물들이며 황급히 몸을 뺐지만, 이미 탁자 끝까지 밀려난 상황 더는 옆으로 움직일 수가 없었다.

"너, 너무 가깝습니다, 사고."

"아휴. 사고라고 부르지 말라니까."

"그, 그럼 뭐라고 불러야……."

"그냥 누님이라고 불러."

"누, 누님이요?"

"그래, 누님. 딱 그 정도가 좋잖아? 나이 차이도 별로 나지 않으니까."

"그, 그렇습니다만 그렇다고 사부의 누이께 어찌 누님

이라고 부를 수 있겠습니까?"

 사부의 누이를 누님으로 부른다면 즉 사부와 제자가 같은 항렬(行列)이 되는 셈이다. 그런 개 족보가 세상에 어디 있겠는가.

 그러나 아란은 집요했고, 그녀의 몸에서 풍기는 향기는 황홀했다. 그녀의 부드러운 젖무덤이 살짝살짝 팔을 스칠 때마다 소자양은 아랫도리가 감전된 듯 파르르 몸을 떨어야만 했다. 술기운이 빠르게 소자양의 정신을 점령하고 있었다.

 몇 순배(巡杯)나 술이 돌았을까. 조금 전과는 달리 크게 떠드는 소자양의 목소리는 이미 거나하게 취해 있었다.

 "하하하! 역시 누님이십니다. 사람 보는 안목이 남다른 바가 있으십니다. 맞습니다. 비록 지금은 미약하지만 훗날 가장 창대(昌大)할 자가 바로 저, 소자양이니까요."

 아란이 그의 팔뚝을 어루만지며 소곤거렸다.

 "맞아. 다른 사람도 아닌 내가 지금 이렇게 확신하잖아? 자기를 키워 줄 사람만 제대로 만나게 된다면 자기는 지금 이런 상황이 아닌, 천하를 굽어보는 자리에 있을 사람이라니까."

 어느새 소자양은 아란을 누님이라 부르고 있었고, 반면 아란은 소자양을 자기라고 부르며 더욱 온몸을 밀착하고 있었다.

 소자양은 그런 아란의 몸짓에 괜히 흐뭇하고 기분이 좋아진 듯 활짝 웃으며 고개를 끄덕였다.

 "그럼 누님이 저를 키워 주시겠습니까?"

 "물론이지."

 아란은 소자양의 귓가에 자신의 붉고 요염하며 음탕한 입술을 가져가 대며 혀를 날름거렸다.

 그 뜨겁고 달뜬 숨결에, 요사스러운 혀의 놀림에 소자양은 저도 모르게 온몸을 부르르 떨었다. 동시에 그의 아랫도리는 그 어느 때보다도 빳빳하게 달아올랐다.

 "자기는 앞으로 나만 믿어. 내가 다 알아서 해 줄 테니까. 내가 하라는 대로만 하면 돼. 내가 하지 말라는 건 절대로 하지 않으면 돼. 그러다 보면 어느새 담호를 훌쩍 뛰어넘어 일대종사(一代宗師)의 위용을 갖추게 될 테니까."

 담호라는 이름 때문일까, 아니면 일대종사라는 단어 때문일까.

 소자양은 충혈된 눈을 부릅뜨며 허공을 노려보았다.

 바로 그때였다.

 아란의 부드럽고 매끈한 손가락이 뱀처럼 이리저리 구불거리며 소자양의 무릎을 쓰다듬는가 싶더니 한순간 가랑이 사이로 파고들었다.

'헉!'

졸지에 그녀의 손이 자신의 단단한 물건을 잡자 소자양은 저도 모르게 헛바람을 집어삼키며 당황했다.

"누, 누님."

"쉿."

그녀는 다른 손을 들어 손가락으로 소자양의 입을 막았다. 소자양이 입을 다물었다.

아란의 손가락이 그의 메마른 입술을 만지작거리기 시작했다. 소자양의 목젖이 크게 출렁거렸다. 어느새 아랑의 얼굴이 소자양의 얼굴 가까이 다가와 있었다.

그녀의 촉촉하게 젖은 눈빛이 소자양의 두 눈 가득 들어왔다. 소자양은 술과 욕구로 충혈된 눈을 부릅뜬 채 그녀의 눈과 코, 그리고 도톰한 입술을 바라보았다.

"누, 누님."

소자양이 정신없이 중얼거리는 순간이었다.

아란의 조그만 입술이 열리더니 축축하게 젖은 붉은 혀가 빠져나왔다. 뱀이 혀를 날름거리는 소리가 들려왔다.

"쉬잇."

그녀의 손가락이 소자양의 메마른 입술을 벌렸다. 소자양은 그녀의 손가락을 거부하지 않고 입을 벌렸다. 그 입 속으로 아란의 혀가 미끄러지듯 들어왔다.

'아! 누님!'

소자양은 두 손으로 그녀를 와락 껴안았다.

아란이 못 이기는 척 뒤로 밀려나며 몸을 누웠다. 치마가 걷혀 올라가며 늘씬하고 탐스러운 그녀의 뽀얀 허벅지가 고스란히 드러났다.

소자양은 마치 굶주린 범처럼 어흥! 하며 그녀를 덮쳤다. 아란은 기다렸다는 듯이 온몸을 활짝 열고 그의 모든 걸 받아들였다.

하지만 그녀의 입에서는 몸의 반응과 전혀 다른 목소리가 흘러나왔다.

"아아, 이러면 안 되는데……."

달뜬 신음을 내뱉는 그녀의 입가에는 요망한 미소가 감돌고 있었다.

물론 그것은 그녀의 음흉한 복심(腹心)이 담겨 있는, 하지만 잔뜩 술에 취한 채 욕망에 절어 있는 소자양은 절대 볼 수 없는 미소였다.

3. 첫 번째 심복(心腹)

홍화루 별채에 머물게 된 강만리는 운기조식을 하고 한 시진 정도 눈을 붙인 것으로 기력과 체력을 보충했다. 그가 조금은 맑게 가라앉은 정신으로 눈을 뜬 건 해가 뉘엿 뉘엿 질 무렵의 일이었다.

　강만리는 눈을 뜨자마자 곧장 객청으로 향했다. 객청에는 화군악을 비롯한 사람이 모여서 차를 마시며 두런두런 대화를 나누던 중이었다.

　강만리가 털썩 자리에 앉자 진재건이 차를 대령했다. 강만리는 진재건을 올려다보며 물었다.

　"화평장 소식은?"

　"십이백야와 황백들을 동원하여 화평장 상황을 확인 중입니다. 들려온 소식으로는 공적십이마 세 명과 허 노야가 모두 목숨을 잃고 오로지 소야 혼자 도주했다는 것 같습니다."

　진재건은 차분하게 보고했다.

　"백팔원로는 마치 메뚜기 떼처럼 화평장을 빠져나가 서쪽으로 향했다고 합니다. 역시 십이백야와 황백들이 그들의 행방을 뒤쫓는 중입니다."

　"으음. 결국 일이 그렇게 끝났군그래."

　강만리는 뜨거운 차 한 모금으로 갈증을 달랜 후 잠시 뭔가 생각하다가 입을 열었다.

　"그나저나 진 당주."

　"네, 말씀하십시오."

　"십삼매로부터 이야기는 들었거든? 자네가 십삼매의 다섯 심복 중 한 명이라고 말이지."

"아, 네. 죄송합니다. 그렇게 되었습니다."

진재건은 그리 죄송하지 않은 듯한 얼굴로 사과했다. 강만리는 그 얼굴을 똑바로 바라보며 물었다.

"그래. 그럼 이제 어떻게 할 건가?"

"네?"

"자네의 거취 말일세. 이미 자네는 십삼매가 보낸 세작임이 들통난 셈이네. 그런데도 여전히 우리 곁에 남아 있을 건가, 아니면 이제 십삼매에게로 돌아갈 건가 하는 걸 묻는 중이네."

"글쎄요."

진재건은 그리 대수롭지 않다는 듯이 입을 열었다.

"저야 상관이 시키면 시키는 대로 해야 하는 입장이라서 말입니다. 십삼매나 강 장주께서 따로 명령을 내리시지 않는 한, 저 역시 예전과 같게 행동할 것 같습니다만."

"이런."

만해거사가 문득 이맛살을 찌푸리며 끼어들었다.

"강 장주의 의견이나 십삼매의 의견은 생각보다 중요하지 않다네. 자네의 생각과 마음이 더 중요한 게지. 자네가 우리와 함께 다니고 싶다면 그렇게 하는 거고, 십삼매에게로 돌아가고 싶다면 또 그렇게 해야 하는 게야."

"그렇습니까?"

진재건은 머리를 긁적이며 말했다.

"평생 명령만 받으며 움직인 까닭에 미처 그런 생각은 하지 못했습니다."

"이제는 그런 생각을 해도 될 때라네."

만해거사가 미소를 지으며 말했다.

"비록 상하 구분이 있다고는 하지만, 그래도 우리는 어디까지나 한 식구가 아닌가? 또 화평장이라는 울타리 안에서 함께 살아가는 가족이기도 하고. 그러니 언제든지 얼마든지 자신의 의견을 내도 되네. 아마 강 장주도 그런 생각이기 때문에 자네의 의사를 물어본 것일 테고. 안 그런가?"

"뭐, 그렇습니다."

강만리는 무뚝뚝하게 말했다.

진재건은 잠시 강만리를 바라보며 생각에 잠겼다가 고개를 끄덕이며 입을 열었다.

"제 의견을 존중해 주시겠다면야 말씀드리겠습니다. 사실 지금의 저는 십삼매의 복심과는 상관없이 계속해서 여러 장주와 함께 지내고 싶습니다."

"흐음."

"솔직하게 말씀드리자면 성격이 귀찮은 걸 싫어하고 느긋하게 게으름을 피우는 걸 좋아하기는 하지만, 어쨌든 이 여정이 끝날 때까지는 계속 따라다니고 싶거든요. 결말이 어떻게 날까 궁금하기도 하고…… 게다가 현장에서 그 과정을 지켜보는 재미도 쏠쏠하고 해서 말입니다."
"흐음."
그 부분에서 강만리는 뭔가 살짝 마땅치 않다는 듯이 입술을 내밀었다. 진재건이 계속해서 말을 이어 나갔다.
"그리고 무엇보다…… 그간 꽤 정이 들어서 말입니다. 특히 담 도련님 말이죠. 이대로 담 도련님이 차대(次代) 천하제일인이 되는 모습을 곁에서 끝까지 지켜보고, 도와 드리고 싶다는 게 제 솔직한 심정입니다."
놀랍게도 주변은 조용했다. 누구 하나 놀라거나 당황하지 않았다.
진재건이 담호를 두고 다음 세대의 천하제일인이 될 거라고 말했음에도 불구하고 이 대청에 모여 있는 이들은 한 치의 동요도 없었다.
반면 말석에 앉아 있던 담호의 얼굴이 붉어졌다.
동시에 그는 전혀 생각지도 않았던 진재건의 말에 당황하면서도 상당히 감동한 듯한 표정을 애써 감추려는 듯 고개를 푹 숙였다.
"흐음."
조금 전까지 마땅치 않다는 듯 입술을 내밀고 있던 강만리가 내심 만족했다는 듯 고개를 끄덕이며 가벼운 콧소리를 흘렸다.
진재건이 다시 말을 덧붙였다.

"뭐, 제가 아무리 그리 생각하고 있다 한들 결국 십삼매의 명령이 떨어지면 그 명령을 따라야 하겠지만 말입니다."

"아니, 이제 그럴 필요 없네."

강만리가 고개를 저으며 말했다.

"네? 그건 또 무슨 말씀이신지."

"십삼매와 이야기를 끝냈거든. 앞으로의 자네 거취는 자네의 뜻에 맡기겠다고 말일세. 그래서 자네 의견을 물어본 것이니까."

"아……."

진재건은 잠시 생각하다가 물었다.

"십삼매가 허락하셨습니까?"

"물론이지. 자네의 의지와 생각이 중요하다는 것에 대해 그녀도 동의했다네. 즉, 앞으로 자네가 끝까지 우리와 함께 지낼 생각이라면 두 번 다시 십삼매의 명령에 따를 필요가 없는 게지. 어떤가, 그리할 텐가?"

강만리는 진재건의 눈을 똑바로 바라보며 물었다. 진재건은 강만리의 눈길을 피하지 않은 채 잠시 생각에 잠겼다.

그때였다. 고개를 숙이고 있었던 담호가 불쑥 입을 열었다.

"저는 진 아저씨가 계속 함께했으면 좋겠어요."

"음?"

강만리가 담호에게 시선을 돌렸다. 진재건도 담호를 돌아보았다.

그렇게 모든 사람들의 시선이 자신에게 쏠렸음에도 불구하고 담호는 얼굴 하나 붉히지 않은 채 차분하게 말을 이어 나갔다.

"조금 전 진 아저씨도 말씀하셨잖아요? 제가 다음 세대의 천하제일인이 되는 걸 바로 곁에서 지켜보고, 도와주시겠다고요. 그렇게 해 주세요. 저도 누구보다도 진 아저씨의 도움이 필요하거든요."

담호의 이야기가 끝난 후에도 한동안 말이 없던 진재건은 결국 졌다는 듯이 활짝 웃으며 고개를 숙였다.

"네. 담 도련님이 그리 말씀하시는데 어찌 거절할 수 있겠습니까? 속하 진재건, 평생 담 도련님 곁을 지키겠습니다."

평소와 달리 잠자코 상황을 지켜보던 지켜보던 화군악이 그제야 입을 열었다.

"흐음, 이거 조금 질투 나는걸? 나나 강 형님이 아닌 담호를 모시겠다니. 안 그렇습니까, 형님?"

"뭐, 그보다는 담호에게 첫 번째 심복이 생긴 걸 더 축하해 주고 싶은 마음인데 말이지, 너와는 달리."

"네엣? 그럼 이번에도 또 저만 속 좁은 놈이 되는 겁니까?"

"이번에도 또가 아니라 늘 너만 속이 좁았거든?"

강만리의 절묘한 응수와 화군악의 난감한 표정에 사람들은 절로 웃음을 터뜨리며 손뼉을 쳤다.

그런 가운데 진재건은 머쓱한 표정을 지으며 자리에 앉다가 문득 자신을 쳐다보고 있던 담호의 시선과 눈이 마주쳤다.

담호가 살짝 고개를 숙였다. 진재건도 다시 한번 그를 향해 고개를 숙였다.

* * *

물론 강만리의 말은 거짓이었다.

"그렇다는군."

"진짜요?"

홀로 별채를 나서서 홍화루 대청으로 향한 강만리는 십삼매와 마주 앉자마자 조금 전 별채에서 있었던 진재건의 일에 대해 설명했다.

십삼매는 매우 놀란 듯 눈을 동그랗게 뜨며 재차 그 사실을 확인했다.

"진짜로 진 당주가 내 곁을 떠나 담호의 심복이 되겠다고 맹세했어요?"

"내가 언제 임자에게 거짓말을 한 적이 있나?"

"그건 그렇지만 전혀 생각지도 못한 일이라서요. 이렇게 놀란 게 얼마 만인지 모르겠어요."

"거짓말. 아, 고맙네."

강만리는 차갑고 새콤달콤한 산매탕을 내온 점소이를 향해 살짝 미소를 보여 주고는 다시 십삼매를 돌아보며 말했다.

"진 당주를 우리에게 보냈을 때부터 임자는 이런 상황을 모두 예견하고 있었을 텐데."

"설마요."

"설마는 무슨. 그렇게 호소하듯 쳐다보며 거짓말하지 말라고. 다른 사람에게는 통할지 몰라도 내게는 통하지 않으니까. 또, 또. 그렇게 눈을 동그랗게 뜨면서 억울하다는 표정을 지어도 아무 소용없다니까. 난 임자가 거짓말을 할 때의 행동이나 표정, 말투나 눈빛에 대해서 누구보다도 잘 알고 있으니까."

강만리의 말에 십삼매는 어쩔 도리 없다는 듯이 길게 한숨을 내쉬었다. 그러고는 살짝 어깨를 으쓱거리며 입을 열었다.

"뭐, 어느 정도 예상한 건 사실이었어요. 워낙 진 당주의 성격이 자유분방하고 한곳에 머무르는 것보다 돌아다니기를 좋아하는 터라…… 내 곁의 좁은 성도부보다 오라버니와 함께 천하를 돌아다니는 걸 더 좋아할 거라고는 생각했었죠. 하지만 담호의 심복이 될 줄은…… 전혀 상상조차 하지 못했거든요."

"흐음."

강만리는 팔짱을 끼며 말했다.

"그러니까, 애당초 진 당주를 내게 보낸 건 그가 내게 도움이 될 거라고 생각해서 보낸 건가?"

"물론이죠. 진 당주의 무위라면 최소한 어르신들 한 명 정도는 어찌어찌 막아 낼 정도는 될 테니까요."

십삼매는 부드럽게 미소를 머금으며 말했다.

"그러니 행여 오라버니께 위험이 닥칠 경우, 진 당주가 한 번 정도는 오라버니의 구명줄이 되어 줄 수 있을 거라고 생각했어요. 그런데…… 뭐 물론 오라버니께서 불과 이삼 년 사이에 이리도 고강해지실 줄은 확실히 예상 밖의 일이었지만 말이죠."

"그랬었군."

강만리는 무뚝뚝하게 말했다.

지금 그녀의 말은 거짓이 아니었다. 또 그녀가 강만리를 생각하고 위하는 마음 또한 거짓이 아니었다.

하지만 또 그게 불편한 것이다. 처음부터 지금까지.

강만리는 산매탕 한 모금으로 이 한여름 밤의 무더위를 살짝 가라앉히며 주위를 둘러보았다. 영업을 시작할 시간이 훌쩍 지났음에도 불구하고 대청은 한산했다.

강만리는 목덜미를 긁적거리며 입을 열었다.
"어쨌든 진 당주를 우리에게 줬으니, 대신 우리도 임자에게 뭔가 주기는 줘야 하겠지?"
"아뇨, 괜찮아요."
"거짓말."
"그래요, 거짓말이었어요. 하지만 지금 당장 필요한 건 아무것도 없어요. 아, 그럼 이건 어떨까요? 훗날 언제고 제가 원할 때 오라버니께서 제 부탁 하나 정도 반드시 들어준다는…… 뭐, 그 정도라면 어떨까요?"
십삼매의 제안에 강만리는 잠시 그녀의 아름답고 순수하게 반짝이는 눈동자를 지켜보다가 한숨을 내쉬며 말했다.
"인의(人義)나 도리나 협의(俠義)나 대의(大義)에 어긋나지 않는 한, 최대한 들어주지. 그것으로 괜찮겠나?"
"네."
십삼매는 활짝 웃으며 어린아이처럼 기뻐했다.
"네. 그것만으로도 충분히 괜찮아요."
강만리는 왠지 모르게 그녀에게 또다시 당했다는 생각이 들어서 괜히 떨떠름한 표정을 지었다.

7장.
사천전투(四川戰鬪)

"흠. 사실 평소에도 비선의 선주가 너무 신중하고 세밀하며
너무 깊게 고민한다고 생각하던 참이었소.
뭐 굳이 나쁜 말로 하자면 우유부단하고 갈피를 잡지 못하며
쉽게 결정을 내리지 못하는,
그야말로 어린 계집 특유의 사고방식이 문제인 거겠지만."

사천전투(四川戰鬪)

1. 우는 호랑이 루호(淚虎)

 우는 호랑이 루호(淚虎)는 십삼매의 만류에도 불구하고 다시 화평장으로 향했다. 그가 버드나무길로 접어들었을 때, 화평장의 상황은 그가 그곳을 빠져나왔을 때와 상이하게 달라져 있었다.
 백여 명이 넘는 노기인이 화평장 전역을 휩쓸고 다니는 가운데 루호는 침착하게 화평장으로 숨어들었다.
 적어도 화평장 식구들을 제외하고는 이곳 구조에 관해서 루호만큼 잘 알고 있는 자는 없었다. 허 노야의 심부름으로, 또는 십삼매나 소홍의 심부름을 받아서 허구한 날 들락날락했던 곳이 바로 화평장이었으니까.

그는 하인들과 시녀들이 주로 돌아다니는 뒷길을 통해서 화평장 안쪽 깊숙이 이동했다.

머리 위로 슝슝! 바람 소리를 내며 백팔원로 노기인들이 날아다니는 가운데, 루호는 식은땀을 흘리며 엉금엉금 기어서 이윽고 내당까지 잠입했다.

내당은 이미 풍비박산이 되어 있었다. 건물은 부서지고 무너졌으며 돌담 곳곳은 거대한 장력과 강기에 의해 큰 구멍이 뚫려 있거나 아니면 한쪽 전체가 우르르 무너져 내려앉아 있었다.

그런 와중에도 공적십이마의 세 노마는 전력을 다해 싸우고 있었다. 백발 머리는 산발이 되어 있었고 수염은 온통 피범벅이 된 채, 두 눈을 호랑이처럼 부릅뜨며 사방에서 날아드는 정파 원로들의 공격을 막아 내고 역습을 시도했다.

하지만 처음부터 전력으로 부딪쳤다 해도 승리를 장담할 수 없는 상황에서, 철목십삼호로와 부딪치며 적지 않은 부상과 내상을 입은 그들이었다.

결국 시간이 흐르면서 노마들의 움직임은 조금씩 둔화될 수밖에 없었고, 또 얼마 지나지 않아 그들은 서 있는 게 기적이라는 수준으로 처참한 몰골이 된 채 비틀거렸다.

루호는 이를 악문 채 상황을 지켜보았다. 자신의 동료와 아우들이 원로들의 손에 의해 속절없이 목숨을 잃고 있었지만 그는 절대 경거망동하지 않았다.

지금 그가 노리고 있는 건 원로들의 목숨도, 세 노마의 목숨도 아니었다. 당연히 동료들과 아우들의 안위 역시 그가 처리해야 할 급선무가 아니었다.

허신방과 소야 위천옥.

루호는 오직 그들만을 지켜보고 있었다. 두 사람의 생명을 지키고 보호할 수 있다면, 그 나머지 것들은 부수적일 따름이었다. 어떻게든 그들을 도와서 이미 아수라장으로 변한 지 오래인 이곳 화평장을 탈출해야 했다.

루호는 먼저 도주로를 확인했다.

조금 전 이곳에서 십삼매를 빼낼 때 사용했던, 강만리가 무언의 눈짓으로 알려 주었던 비상 통로는 아직도 그대로 남아 있었다.

루호는 최대한 비상 통로 가까이로 이동한 채 몸을 숨기고 지켜보았다.

'헉!'

순간 루호는 하마터면 저도 모르게 크게 소리칠 뻔했다. 위천옥의 품에 안겨 있던 유령신마 갈천노가 갑자기 부풀었던 돼지 오줌보에서 바람이 빠지듯 그대로 쭈글쭈글해졌기 때문이었다.

'흡정탈공심마공!'

루호는 순식간에 쪼그라드는 유령신마와는 달리 새롭

게 눈빛이 빛나고 얼굴에 화색이 도는 소야 위천옥을 바라보며 지금 그가 어떤 수법을 사용했는지 알아차렸다.

"조심하거라. 또 네 아이들에게도 단단히 주의를 주도록 해라."

허신방은 진지하게 말했다.

"소야의 기분을 거스르게 된다면 자신도 모르게 그분의 밥이 될 테니까."

"그게 무슨 말씀이신지요?"

루호가 물었을 때 허신방은 살짝 망설이다가 깊고 긴 한숨을 내쉬며 천천히 대답했다.

"흡정탈공심마공이라는 게 있다. 사람의 내공과 정기를 빨아들여서 자신의 것으로 만드는 수법이지. 거기에 당한 자는 살아서 해골이 되는 무지막지한 상황에 처하게 되니…… 어쨌든 이곳에 계실 동안에는 절대로 소야의 뜻을 거스르지 않도록 해야 한다. 알겠느냐?"

"명심하겠습니다."

루호는 고개를 숙이며 대답했다.

지금 저렇게 온몸이 쪼그라들어 뼈만 남은 상태에서 눈만 동그랗게 뜨고 있는 유령신마의 모습은 확실히 허신방이 말했던 흡정탈공심마공에 당했을 때의 모습과 일치

했다.

루호는 겨우 입을 틀어막은 채 상황을 지켜보았다.

그렇게 제 친조부의 내공과 정기를 모두 흡수한 위천옥은 아무렇게나 유령신마를 내팽개친 후 원로들에게 덤벼들었다. 새롭게 힘을 얻은 위천옥의 맹렬한 공격에 원로들은 당황하여 어찌할 바를 몰라 했다.

하지만 그것도 잠시, 이른바 무림십왕이라 불리는 최절정고수들이 앞을 가로막자 천하의 위천옥도 더는 어찌할 수가 없는 모양이었다.

결국 그는 계속해서 핍박을 당하고 공격을 당하면서 뒤로 물러나야 했고, 마침내 크고 작은 부상과 함께 궁지에 몰린 위천옥은 허신방까지 잡아당겨 다시 한번 흡정탈공심마공을 펼쳤다.

허신방의 육체에서 쪼옥, 하고 바람이 빠져나가는 것처럼 그의 내공과 정기가 모두 위천옥에게 흡수당했다.

'어르신!'

루호가 소리치며 몸을 일으키려 할 때였다. 온몸이 쪼그라들던 허신방의 시선이 때마침 그를 향했다.

마치 그가 거기 숨어 있을 줄 이미 알고 있었다는 듯이 허신방은 루호를 보며 고개를 저었다. 그리고 입을 벌려 몇 마디 뻐끔거렸다.

―소야를…… 탈출시켜라.

 루호는 눈을 닦았다. 자신이 본 게 사실인지 확인해야만 했다.
 하지만 그게 전부였다.
 모든 기력이 빨린 허신방은 곧 위천옥에 의해 무림십왕들을 향해 던져졌으며, 무림십왕은 아무렇게나 손을 휘젓는 것으로 허신방을 허공에서 폭발시켰다.
 유령교를 위해 평생을 헌신했던 자, 봉공 허신방은 결국 그렇게 어이없는 죽음으로 최후를 맞이했다.
 "으윽!"
 "커억!"
 연이어 무상검마와 혈천노군의 비명과 신음이 터져 나왔다. 수십 명의 원로에게 에워싸인 채 두 노마의 팔과 다리, 목이 허공 높이 솟구쳐 올랐다.
 무려 반세기가 넘는 세월 동안 강호무림의 절대적 공포로 군림했던 노마들의 마지막 모습이었다.
 허신방의 제자들, 루호의 동료와 아우들도 모두 목숨을 잃은 지금, 그 자리에 살아남은 이는 피로 범벅이 되어 있는 소야 위천옥뿐이었다.
 "모두 죽여 버리겠다!"
 그는 증오 가득 찬 악귀처럼 원로들에게 저주를 내리며

한편, 내공을 끌어올린 채 최후의 일격을 펼치고자 했다.

주변 모든 원로들이 잔뜩 긴장한 채 그 공격에 대비했다. 이미 그들 또한 위천옥이 얼마나 무섭고 두려우며 공포스러운 인물인지 똑똑히 알고 있었다.

무엇보다 위천옥에게 의해 구멍이 나고 온몸이 뜯겨 나간 원로들의 수가 벌써 열 명이 넘었으니까.

바로 그때였다.

유령신마와 허신방의 내공까지 흡수한 그 무지막지한 공격력으로 전방위를 휩쓸 가공한 일격을 펼칠 것만 같았던 위천옥은 생각지도 못하게 갑자기 몸을 옆으로 날려 순식간에 십여 장 밖으로 도주하기 시작했다.

미처 원로들이 무슨 영문인지 몰라 우두커니 서 있을 때, 어느새 루호가 숨어 있던 공간까지 날아온 위천옥이 짧은 목소리로 명령했다.

"허 늙은이에게 들었다. 나를 안내하라."

루호는 그 새하얀 눈자위 하나 없이 온통 새까맣게 번들거리는 악마의 눈빛에 저도 모르게 움찔거리며 고개를 숙였다. 그러고는 황급히 몸을 돌려 강만리가 마련해 두었던 비상 통로를 따라 화평장 밖으로 도주했다.

위천옥이 그 뒤를 따랐는데, 루호의 귓전으로 으드득! 부서져라 이를 가는 소리가 섬뜩하게 들려왔다.

"놈을 쫓아라!"

"놈을 도망치지 못하게 하라!"
"무림오적을 찾아라!"
"무림오적도 분명 이 근방에 숨어 있을 것이다!"

뒤늦게 원로들이 소리치며 위천옥과 루호를 뒤쫓았다. 또 이미 도망친 지 오래인 무림오적을 찾자는 소리도 드높게 울려 퍼졌다.

창백한 얼굴의 루호는 입술을 악문 채 말없이 오로지 지면을 박차고 나는 듯 달렸다.

비상 통로는 지하로 이어졌다가 다시 지상으로 나오기를 반복하면서 화평장 뒷문까지 이어져 있었는데, 순식간에 그곳을 빠져나온 루호는 곧장 뒷문 담벼락 여기저기를 빠른 속도로 건드렸다.

"뭘 하는 거지?"

위천옥이 힐끗 화평장 안쪽을 바라보며 닦달하듯 물었다. 루호는 담벼락에 집중한 채로 말했다.

"이곳 뒷문에 걸려 있는 기문진을 발동하는 중입니다."
"기문진?"
"네. 이제 됐습니다. 가시죠."

루호는 위천옥을 향해 허리를 숙이며 말했다.

"어르신께서 이런 일에 대비하여 준비해 두신 안가로 모시겠습니다."

"흥!"

위천옥은 마음에 들지 않는다는 얼굴로 말했다.

"이런 일이 있을 줄 알았다면 미리 이런 일이 벌어지지 않도록 막는 게 옳지 않더냐? 천하의 이 몸이 이렇게 볼품없이 꽁지 빠진 개처럼 도망치는 수모를 겪어야만 하겠느냐?"

루호는 억지로 이를 악물며 말했다.

"죄송합니다. 하지만 이 기문진으로는 저들을 얼마 묶어둘 수가 없습니다. 안가로 모신 후 따로 죄를 빌겠습니다."

루호의 말에 위천옥은 다시 한번 화평장을 노려본 다음 고개를 끄덕였다.

"좋아. 그렇게 하지. 뭐, 나도 할아버지와 할아범에게서 뽑아낸 것들을 완벽하게 내 것으로 만들 시간이 필요하니까 말이지."

"그럼 이리로."

루호는 곧바로 몸을 날렸다. 위천옥은 "흥!" 하고 코웃음을 친 다음 루호의 뒤를 따랐다.

콰앙!

화평장 뒷문이 박살 난 건 그로부터 약 일각가량이 흐른 뒤의 일이었다. 그리고 뒷문을 박살 낸 원로들이 뛰쳐나왔을 때는 이미 주변에는 그 어떤 흔적도 남아 있지 않았다.

2. 연무(煙霧)로 뒤덮인다는 건

'사천(四川)에 해가 뜨면 개가 짖는다'라는 말이 있을 정도로 사천은 한여름에도 해를 보기 힘들었다. 날씨는 무덥고 습기는 높았으며, 짙은 구름과 희뿌연 연무(煙霧) 같은 게 늘 하늘을 뒤덮고 있는 곳이 바로 사천 땅이었다.

그런 의미에서 보자면 요 며칠 햇볕이 쨍쨍하게 내리쬐었던 사천 성도부는 평소와는 전혀 다른 일상의 성도부였던 것이리라.

그리고 지금 이렇게 해는 구름에 가리고 안개비가 내리듯 시야가 뿌연 아침 광경이야말로 제대로 된 사천의 모습일 터였다.

가만히 앉아 있어도 축축하게 온몸이 젖을 정도로 습하고 무더운 사천의 여름은 확실히 악명이 높을 수밖에 없었고, 이런 날씨에 적응하지 못한 자들은 마치 물먹은 솜처럼 온몸이 무겁고 무기력하고 축 늘어지는 게 당연했다.

백팔원로 역시 마찬가지였다.

비록 충만한 내공과 순후한 내력으로 더위와 추위에 어느 정도 내성을 지닐 수는 있었지만, 이 후덥지근하고 끈적거리는 습기만은 어쩔 수가 없었다.

몇 번이나 온몸에 찬물을 끼얹어도 돌아서면 곧바로 짜증과 불쾌함이 치밀어 올랐다.

그런 지독한 날씨에서 언제, 무슨 일이 벌어질지 모른 채 가만히 앉아서 기다리는 건 아무리 노회한 그들이라 할지라도 쉽게 참을 수 없는 곤욕이었다.

"무림오적은 도대체 어디 있는 게요?"

"천하의 백팔원로가 그들을 두려워해야 하는 게 맞다고 생각하오? 이렇게 숨어 있을 게 아니라 당장 움직이는 게 옳지 않겠소?"

"옳은 말이오. 성도부와 사천 일대를 쑥대밭으로 만드는 한이 있더라도 샅샅이 뒤져서 반드시 무림오적을 잡아야 하오. 무작정 이렇게 그들에 관한 정보를 기다리는 건 하책 중의 하책이오."

태극천맹의 청성(靑城) 지부에서 마련해 준 객잔이었다.

그 객잔의 넓은 대청을 통째로 차지하고 둘러앉은 원로들은 몇 순배씩 술을 걸치며 마치 술안주를 대신하듯 서로의 짜증과 불만을 털어놓으며 대화를 나누는 중이었다.

반백 년 이상을 무림 최고의 고수들로 살아온 그들에게 있어서 가장 큰 불만은 바로 이 무덥고 습하고 끈적거리는 사천 땅에서 아무 하는 일 없이 시간을 보내고 있다는 점이었다.

더불어 별 볼 일 없는 여인에게 명령받고 움직이고 있다는 사실이 그들을 더더욱 짜증스럽게 만들고 있었다.

"흠. 사실 평소에도 비선의 선주가 너무 신중하고 세밀하며 너무 깊게 고민한다고 생각하던 참이었소. 뭐 굳이 나쁜 말로 하자면 우유부단하고 갈피를 잡지 못하며 쉽게 결정을 내리지 못하는, 그야말로 어린 계집 특유의 사고방식이 문제인 거겠지만."

한 노기인이 슬쩍 비선 선주에 대한 평소의 생각을 입에 올렸다.

그리고 그게 도화선이 되었다.

옆자리의 노기인이 고개를 끄덕이며 맞장구를 치면서 비선 선주에 관한 성토는 이내 일파만파로 퍼져 나가기 시작했다.

"흠. 바로 그 성격 때문에 재작년이었던가 악양부 추격 당시 다 잡았던 무림오적을 놓치는 건 물론이요, 수많은 원로와 노기인들을 함께 잃지 않았소?"

"나도 당시 그 소식을 들었을 때의 기억이 아직도 생생하오. 에잇! 그때 확실하게 그 계집을 그 자리에서 끌어내렸어야 하는 건데!"

"아무리 건곤가의 여식이라고는 하지만 역시 이런 막중한 임무와 중책을 맡기에는 나이도 어리고 무엇보다 심지가 너무 여린 것 같소이다."

"뭐, 여인이고 사내자식이고를 떠나서 생각하더라도 천 선주는 역시 정보를 다루고 취급하는 일에만 집중하는 것이 그녀에게 더 잘 어울릴 거라고 생각하오."

"뭐, 어쨌든 지금도 그렇소. 그러니 선주의 생각과는 상관없이, 우리들만이라도 직접 나서서 약간의 손해와 말썽, 사고를 감수하더라도 곡 형 말씀대로 성도부를 쑥대밭이 되도록 샅샅이 뒤져야 하오!"

비선 선주 천소유에 대한 성토는 어느새 그녀의 지시를 무시하고 백팔원로만의 힘으로 무림오적을 잡자는 쪽으로까지 이어지고 있었다.

"흐음. 나 역시 곡 형이나 취 형의 말씀이 옳다고 생각하오. 도대체 우리가 뭐가 그리 겁나서 이런 외진 곳에 숨듯이 모여 있어야 하오? 저 공적십이마 중 세 마두까지 해치우지 않았소? 물론 그 괴상망측한 애송이는 놓쳤지만 말이오."

"아, 이야기가 나와서 하는 말인데, 그 애송이야말로 진짜 소괴물(少怪物)이오. 아니, 세상에 둘도 없는 악귀(惡鬼)임이 분명하오."

"흐음, 노납(老衲) 역시 어쩌면 무림오적을 놓친 것보다 그 어린 괴물을 놓친 게 더 큰일이지 않을까 생각하고 있소이다."

사천전투(四川戰鬪) 〈213〉

"빈도(貧道) 또한 그렇게 생각하오. 우리가 추측한 대로 만약 그 소악마가 공적십이마의 공동전인(共同傳人)이라면…… 무림오적 따위보다 몇 배, 몇 십 배 더 위험한 인물이 될 게 틀림없소이다."

"아! 그런데 노부가 잘못 본 것일 수도 있겠지만, 그 소악마가 유령신마의 내공을 흡수하는 것 같았는데…… 노부 말고도 그렇게 보신 형제분들이 계시는지 모르겠구려?"

일순 장내가 조용해졌다.

대청을 가득 메운 노기인들의 눈빛과 표정이 딱딱하게 굳어졌다.

방금 이야기를 꺼냈던 서산협선(瑞山俠仙) 취곡교(聚曲較)는 갑자기 동료 기인들이 입을 다물자 저도 모르게 어색하게 웃고는 헛기침을 하면서 상황을 정리하려 했다.

"허험. 아무래도 노부가 잘못 보았던 모양이구려. 방금 노부의 말은 없었던 것으로……."

그때였다.

"아니, 취(聚) 옹(翁)은 절대 잘못 보지 않았소이다."

묵직한 목소리가 종소리처럼 퍼졌다.

노기인들은 소리가 들려온 구석진 자리로 시선을 돌렸다. 그곳에는 육남일녀(六男一女)의 노인들이 앉아 있었는데, 그들의 면면을 확인한 순간 대청을 가득 메운 노기인들은 경외와 신뢰의 표정을 지었다.

 바로 그들이야말로 무림십왕(武林十王), 혹은 군림십왕(君臨十王)이라 불리는 이 시대의 최강자 열 명 중 일곱 명이었기 때문이었다.

 종소리처럼 묵직한 목소리를 냈던 노인이 다시 천천히 입을 열었다.

 "확실히 그 어린 괴물은 유령신마와 또 다른 노인의 정기와 내공을 흡수한 것 같았소. 그 또 다른 노인이 날아들었을 때 내가 직접 상대했었는데, 마치 속이 텅 빈 돼지 오줌보를 후려친 기분이 들었으니까."

 그렇게 말하고 있는 건장한 체구의 노인은 다름 아닌 절대권왕(絕對拳王) 조동립(趙東立)이었다. 칼이나 검이 아닌, 오로지 주먹과 발길질만으로 천하를 제패하고 세상을 주름잡았던 절대적인 고수가 바로 그였다.

 절대권왕 조동립은 신중한 표정을 지으며 말을 이었다.

 "어쩌면 흡성대법(吸星大法)이나 북명신공(北冥神功)과 같은 채기공(採氣功)을 익혔을지 모르오. 또 거의 가능성이 없기는 하지만 어쩌면 저 마교의 흡정탈공십마공을 익혔는지도 모르오."

 "으음."

 "허어……."

"갈수록 태산이구려."

조동립의 말에 노기인들의 안색이 변하며 낮은 신음을 흘렸다.

무림인들에게 있어서 다른 사람의 기를 흡취(吸取)하는 수법은 금기 중의 금기였다.

채양보음술이나 채음보양술을 익힌 자들이 지탄받고, 또 선도(仙道)의 문파들이 쉬쉬하면서 남몰래 그런 수법을 연구하는 이유가 바로 거기에 있었다.

일반적으로 평생 동안 꾸준히 익히고 쌓아 올린 내공의 무게를 약 삼십 년 내공으로 이야기한다. 일 갑자의 내공은 어지간한 무공의 천재나 혹은 영약이나 영물 등 천고의 기연을 얻은 자들만이 쌓을 수 있었다.

그런데 채기공은 달랐다.

별다른 노력 없이 다른 사람의 내공과 정기를 흡수하여 자신의 것으로 만든다는 건 얼마든지 내공을 손쉽게 쌓아 올릴 수 있다는 뜻이었다.

거기에다가 내공과 정기를 빼앗긴 자들은 이내 폐인(廢人)이 되어 목숨을 잃게 된다는 점에서 흡성대법이나 그와 비슷한 부류의 채기공은 무림의 금기로 규정되어 있었다.

반면 채양보음술과 채음보양술은 서로의 조화와 융합을 통해서 함께 정기를 쌓아 올릴 수도 있다는 점에서 확실히 저 악독한 흡성대법 부류의 채기공과는 다르다고 말할 수는 있었다.

또 선도와 도교의 일파(一派)가 내세우는 논리가 바로 그것이기도 했다.

어쨌든 그 잔인하고 흉악하며 포악하기 그지없는 어린 악마가 채기공을 습득했다면, 과연 그 미래는 어찌 될 것인가.

3. 소수음후(素手音后)

장내의 모든 노기인이 경악과 근심의 표정을 짓고 있을 때, 절대권왕 조동립 바로 옆자리에 앉아 있던 노인이 천천히 입을 열었다.

"뭐, 너무 걱정들은 하지 않으셔도 되오."

바로 무적전왕 한백남이었다. 그는 술 한 잔을 마신 후 탁자에 술잔을 내려놓으며 입을 열었다.

"다들 아시겠지만 세상 모든 채기공에는 각자 나름대로의 장단점이 있으니까. 우리처럼 노회하고 연륜 깊은 자들이라면 모르겠지만 놈은 약관도 채 되지 않은 애송이가 아니오? 모르기는 몰라도 채기공만이 가진 그 단점으로 인해 얼마 가지 못해 죽거나 혹은 주화입마에 빠질

게 분명하니까."

그의 확신에 찬 단언에 노기인들의 표정이 밝아졌다. 한백남은 계속해서 말을 이어 나갔다.

"그러니 그 어린 괴물은 나중에 생각하기로 하고 지금은 빌어먹을 무림오적 그 녀석들에게 집중합시다."

노기인들이 고개를 끄덕이며 찬성했다.

"맞는 말씀이시오. 모든 일에는 순서가 있는 법. 우선은 무림오적, 그 후에 소괴물! 이런 식으로 정리하면 될 것이오."

"확실히 순서는 그게 맞소. 하지만 문제는 역시 그 미꾸라지 같은 무림오적이 지금 어디에 숨어 있느냐 하는 것이오."

"그래서 우리가 직접 나서서 성도부 전체를……."

"그건 선주에게 맡기도록 하지요."

이번에는 기품이 넘치는 우아한 음성이 노기인들의 목소리를 잠재웠다. 역시 무림십왕이 모여 앉아 있던 자리의 노파(老婆) 목소리였다.

새하얀 머리카락을 두 개의 금잠(金簪)으로 보기 좋게 정리한, 육칠십 나이에 어울리지 않을 정도로 꼿꼿하게 허리를 세운 노파였다.

놀랍게도 그 노파의 손가락은 여전히 이십 대 처녀의 그것처럼 매끈하고 보드라우면서 마치 주안과(朱顔果)라도 먹은 듯 주름살 하나 보이지 않았다.

바로 그녀야말로 전대(前代) 선녀곡주(仙女谷主)이자 무림십왕 중 한 명인 소수음후(素手音后)였다.

사실 그녀와 또 다른 노파 때문에 무림의 호사가(好事家) 몇몇은 무림십왕이 아니라 팔왕이후(八王二后)라고 칭해야 하지 않느냐고 주장하기도 했다.

소수음후는 그 별호처럼 가늘고 길며 새하얀 손가락으로 머리 모양새를 가다듬으며 입을 열었다.

"비록 지금의 선주가 아직 경험이 부족하고 연륜이 짧기는 하지만, 그래도 우리가 잘 보살피고 키워 내면 훗날 무림의 한 기둥이 되어 떠받칠 인재라고 생각하고 있지요. 그러니 지금은 부족한 대로 그녀의 말에 따르는 게 옳은 것 같아요. 사실 우리에게는 당금 무림을 수호하는 동시에 다음 세대의 무림을 지킬 후계자들을 만들어야 할 의무가 있으니까요. 안 그런가요?"

그녀의 우아하고 부드러운 목소리는 사람들의 마음을 다독이고 평온하게 만드는 묘한 매력을 지니고 있었다. 실로 음후(音后)라는 별호에 걸맞은 목소리였다.

조금 전까지 짜증과 투정, 심지어 분노까지 하던 노기인들은 소수음후의 다정한 목소리에 화가 풀린 듯 인자한 미소를 머금었다. 동시에 모든 이들이 그녀의 설득에 절로 고개를 끄덕이고 있었다.

확실히 그녀의 음성에는 사자후와는 또 다른 의미로 군중을 제압하고 다스리는 힘을 지니고 있었다.

"음후의 말씀을 듣고 보니 노부가 너무 편협하게 생각한 것 같구려."

방금까지 비선의 선주 천소유에 대한 혹평을 늘어놓았던 서산협선 취곡교가 머쓱한 표정을 지으며 말했다.

"또한 확실히 우리에게는 이 무림을 끌어 나갈 다음 세대의 영재를 키워야 할 의무가 있다는 사실을 망각하고 있었소. 그런 면에서 보자면 선주의 부족함이나 실수를 너그러이 용서하고 이해해 줄 아량이 부족했던 것 같구려."

그러자 역시 함께 성토하고 불만을 터뜨렸던 다른 노기인들 또한 자신들의 성급함을 자책했다.

평소 오만하고 자존감 높은 노기인들이 그렇게 순순히 자신들의 편협함과 성급함을 자책하는 건 쉽게 볼 수 없는 일이었다. 그 역시 소수음후가 가진 힘 중의 하나였다.

그렇게 상황이 훈훈하고 따뜻하게 정리되어 갈 때였다. 누군가 창밖을 내다보고는 눈살을 찌푸리며 중얼거렸다.

"흠, 마치 이건 세상이 온통 연무(煙霧)로 뒤덮인 것 같군그래."

가볍고 나지막한 혼잣말이었지만 이 대청 안에서 그 정

도 목소리를 듣지 못할 인물이 없었다.

그 중얼거림을 들은 노기인들은 저도 모르게 고개를 돌려 창밖을 바라보았다. 안개비가 축축이 내리는 가운데 희뿌연 연무가 창밖 거리를 휘감고 있었다. 마치 코앞조차 보이지 않을 정도의 짙은 안개가 대읍 땅 가득 뒤덮은 듯했다.

"호오, 진짜 한 치 앞도 보이지 않는군그래."

누군가 감탄하며 말했다.

"이런 연무라면 세상이 뒤집어져도 모르겠네."

"아닌 게 아니라 누가 코를 베어 가도 모를 정도라니까."

예순이 훌쩍 넘은 노기인들이었지만 이 정도로 짙게 깔린 안개는 생전 처음 보는 것처럼 다들 놀라고 혹은 감탄하면서 창밖을 내다보았다.

바로 그때였다.

"아악!"

한 가닥 비명이 연무 저 깊은 안쪽에서 터져 나왔다. 일순 대청에 모여 있던 노기인들의 안색이 급변했다.

"무슨 일이냐?"

성질 급한 노기인 몇몇이 버럭 소리치며 자리를 박차고 객잔 밖으로 뛰어나갔다.

거리는 온통 희뿌연 연무로 뒤덮여 있어서 한 치 앞도

제대로 볼 수가 없었다.

게다가 이미 해가 떨어진 지 오래, 날은 어두웠고 안개비는 계속해서 추적추적 내리고 있었다. 축축하게 젖은 공기가 한껏 내려앉아 있었다.

절정고수들의 오감으로도 주변 십여 장 일대의 상황조차 제대로 파악하기 힘들 지경이었다.

"아악!"

또다시 비명 소리가 터져 나왔다.

조금 전 들려왔던 희미한 절규보다는 조금 더 거리가 가까운, 동남쪽 방향 백여 장 정도 떨어진 곳에서 들려온 비명이었다.

그 비명이 들리자마자 객잔 밖으로 나와 있던 서너 명의 노기인이 빠르게 지면을 박차고 짙은 안개 속으로 내달렸다.

뒤늦게 객잔 안에서 무적전왕의 목소리가 들려왔다.

"멈추시오!"

하지만 이미 때는 늦었다. 안개 속으로 뛰어든 노기인들의 모습은 이내 온데간데없이 사라진 후였다.

"우리도 나가 봐야 하는 게 아니오?"

객잔 안에서 몇몇 노기인들이 동료들을 둘러보며 그렇게 제안했다.

하지만 무적전왕이 다시 한번 고개를 내저으며 그들을

제지했다.

"아니오. 지금 나가면 외려 적의 함정에 빠질 수가 있소이다."

"함정? 적? 설마 지금 우리가 암습을 당하고 있다고 생각하는 것이오?"

노기인들은 어이가 없다는 듯이 물었다.

당연히 그런 반응이 나올 법했다. 천하의 백팔원로를 상대로 암습을 펼치고자 하는 무리가 있다는 게 도대체 말이 되는 소리인가.

그러나 무적전왕 한백남은 냉정한 표정을 지으며 말했다.

"지금 이 상황은 정주(鄭洲) 땅에서 한번 본 적이 있소. 무림오적 중 화군악 무리를 조사하면서 말이오."

"으음?"

노기인들이 놀란 눈빛으로 한백남을 돌아보았다. 한백남은 침착한 어조로 말했다.

"놈들은 동쪽으로 사람들의 시선을 몰리게 한 다음 서쪽으로 기습하는 방법으로 당시 하북칠의(河北七義)를 모두 해치웠소."

"으음."

"아아……."

노기인들은 침음성을 흘렸다.

대의(大義)를 숭상하고 협의(俠義)를 중시하는 것으로

사천전투(四川戰鬪) 〈223〉

유명한 하북칠의의 죽음은 소문을 들어서, 혹은 동료 지인들에게 이야기를 들어서 익히 알고 있는 사실이었다.

또 그들을 해치운 놈들이 무림오적 일당이라는 것도 이미 알고 있었다.

하지만 그들이 어떤 식으로 죽임을 당했는지에 관해서는 지금 무적전왕 한백남으로부터 처음 듣는 바였다.

4. 기회? 혹은 위기?

기실 무적전왕 한백남은 화군악에게 목숨을 잃은 하북칠의의 사인(死因)을 조사하는 과정에서 결국 화군악 무리의 치밀한 암습을 당해 내지 못한 채 몰살했다는 사실을 파악한 바가 있었다.

성동격서(聲東擊西).

바로 그게 화군악 무리가 하북칠의를 해치운 암습의 요결(要結)이었다. 동료들을 적재적소에 숨긴 채 그곳으로 하북칠의를 움직이게 만들어 고스란히 빈틈을 보이게 만드는 수법.

지금의 느닷없이 들려온 비명도 그러했다. 그 비명에 따라 무작정 달려 나갔다가는, 이 한 치 앞도 보이지 않는 지독한 연무 곳곳에 숨겨 둔 적들의 기습에 제대로 싸워 보지도 못하고 목숨을 잃을 수 있었다.

 게다가 애당초 그 비명 역시 태극천맹 지부 무사들의 비명인지, 아니면 놈들의 자작극인지도 알 수 없었다. 그런 상황에서 괜히 함부로 움직일 필요가 없는 것이었다.

 "그렇다면 설마 무림오적이 외려 우리를 치러 왔다고 생각하는 것이오?"

 노기인 중 한 명이 믿을 수 없다는 듯한 표정을 지으며 무적전왕에게 물었다.

 설마하니 무림오적이라는 놈들이 백팔원로와 무림십왕이 있는 이곳을 기습할 정도로 멍청할 거라고는 전혀 상상조차 하지 못했다는 얼굴이었다.

 사실 이 백팔원로 중 무림오적과 마주친 이들은 거의 없었다. 당연히 무림오적이 어떤 존재인지, 어떤 인물인지는 그저 소문으로만 들었을 뿐이었다.

 그때였다.

 "그들 중에 사선행수가 있다는 건 다 알고 계실 것이오."

 무적전왕 한백남의 맞은편 자리에 앉아서 지금껏 잠자코 있던 무정검왕 목부강이 천천히 입을 열었다.

 무정검왕 목부강은 정사대전 당시 사선행자로 키우기 위한 아이들을 대상으로 검을 가르쳤던 교두였다. 그는 당시 다른 교두들과는 달리 아이들에게 적극적으로 무공을 가르쳤으며, 특히 자질이 뛰어났던 담우천을 매우 아졌다.

 몇 년 전 담우천과 재회한 목부강은 그와의 일전(一戰)에서 한순간 검을 아끼다가 목숨이 위중할 정도의 중상을 입었으나 불굴의 의지로 다시 자리에서 일어날 수 있었다.

 그를 일으켜 세운 원동력 중 하나는 그의 오래된 정인(情人)이었던 멸절사태의 비보(悲報)였다.

 목부강의 복수를 위해 오대가문 무사를 이끌고 무림오적을 추격하다가 결국 머나먼 유주 땅에서 목숨을 잃은 멸절사태.

 그녀의 비보를 접한 순간 무정검왕 목부강은 반드시 살겠다는 의지를 보였고, 지금 이렇게 예전과 다르지 않은 모습으로 세상에 나오게 된 것이었다.

 "정사대전 당시 사선행수는 불리한 조건 속에서 소규모의 집단을 이끌며 사마외도의 거마들을 암습하고 돌아왔소이다."

 노기인들의 시선이 집중된 가운데 목부강은 계속해서 말을 이어 나갔다.

 "그에게 있어서 수적 열세는 아무 상관이 없을 것이오. 그는 상대가 아무리 강하든, 또 상대의 수가 아무리 많든 그 빈틈과 사각을 이용하여 상대를 해치울 줄 아는 능력이 있으니 말이오."

무정검왕 목부강이 거기까지 말했을 때였다.

"아악!"

"커억!"

또다시 거리 저편에서 비명이 들려왔다.

조금 전 몇몇 노기인들이 안개 속을 뚫고 달려 나갔던 바로 그 방향이었다.

동시에 몇몇 노기인들의 안색이 급변했다. 방금 들려온 그 몇 가닥의 비명은 자신들이 알고 지내던 지인의 목소리였던 까닭이었다.

"백의노사(白衣老師)가 당했소!"

"저 비명은 천절검객(千絶劍客)의 목소리가 분명하오!"

동료 지인들이 발작적으로 소리치며 자리에서 벌떡 일어났다. 무적전왕과 무정검왕의 경고에도 불구하고 그들은 한순간에 객잔을 떠나 안개 속으로 달려갔다.

그렇게 되자 또 다른 노기인들도 자리를 박차고 일어나 그들의 뒤를 따랐다.

무적전왕이나 무정검왕이 말릴 새도 없었다. 노기인들은 먼저 떠난 동료들이 위험에 처할지도 모른다는 생각에 황급히 자리를 벗어났고, 그 노기인들의 동료들 또한 가만히 앉아서 좌시할 수 없다는 듯이 객잔을 벗어났다.

순식간에 이삼십 명의 노기인이 안개 속으로 사라졌다.

"바보 같은 늙은이들이라니까."

사천전투(四川戰鬪) 〈227〉

말리려던 무적전왕 한백남이 포기한 듯 혀를 내두르며 투덜거렸다.

"이럴 때일수록 침착하게 대기하면서 선주와의 연락을 통해서 놈들을 역습하는 방법을 찾는 게 최선인데 말이지."

"다들 자신들의 무위에 자신이 있기 때문이오."

십전궁왕(十箭弓王) 이겸수(李慊秀)가 술잔을 내려놓으며 말했다.

"어디 그들이 생전 패해 본 적이 있겠소? 또 누구에게 암습을 당해 부상당한 적이 있겠소? 각 지역에서 패자(霸者)였고 각 문파의 우두머리였으니, 무림오적 따위 전혀 두려워할 이유가 없지 않겠소?"

그러자 패도천왕(霸刀天王) 왕두균(王斗均)이 고개를 갸웃거리며 입을 열었다.

"사실 노부 또한 무림오적의 애송이들이 우리보다 강하다는 사실을 전혀 믿지 못하겠소. 목 형이 사선행수에게 부상을 입은 것 역시 목 형이 봐줬기 때문이 아니오?"

무정검왕 목부강이 고개를 저었다.

"봐준 적 없소."

"아니, 그렇게 들었소."

왕두균도 고개를 저었다.

"그 자리에 있던 멸절사태의 증언이었소. 당시 목 형은 놈의 머리를 벨 수 있었음에도 불구하고 손속을 늦췄다고 말이오. 아마도 과거 목 형이 가르쳤던 정(情) 때문에 그랬을 것이라고 멸절사태가 확실히 말했소. 그러면서 멸절사태는 또 이렇게 말했소."

-참으로 어이가 없는 일이지요. 무정(無情)해서 한평생 이 몸을 돌아보지도 않던 그이가 잠시나마 자신이 가르쳤던 아이에게 그런 정을 베풀다니요. 그러고도 어디 무정검왕이라고 할 수 있겠어요?

패도천왕 왕두균의 말은 계속해서 이어졌다.
"그렇게 말하면서 자조적으로 미소 짓던 그녀의 얼굴을 아직도 잊을 수 없소. 그런데도 목 형은 그녀가 거짓말을 했다고 생각하시오? 사선행수와 싸울 때 절대로 손속을 늦추지 않았다고 말할 수 있소?"
목부강은 대답하지 않았다.
아니, 대답할 수가 없었다. 이미 그의 머릿속은 온통 멸절사태에 관한 생각뿐이었으니까.
이십 대 초반 우연히 만나서 서로 등을 맞대고 산적들과 싸웠다. 그렇게 의기투합하게 된 두 사람은 이후 함께 다니면서 협행을 하기 시작했고, 그렇게 수십 년 세월이 흘렀다.

어쩌면 그녀는 목부강을 진심으로 사랑했을까. 또 어쩌면 목부강은 멸절사태를 사랑했을까.

그건 오직 두 사람만이 알 수 있는 일이었다.

하지만 세상 사람들 대부분, 멸절사태가 아미파의 장문인 직위를 거절한 이유가 오로지 무정검왕 목부강 때문이라고 생각했다.

"어쨌든……."

목부강이 천천히 입을 열었다.

"지금 그게 중요한 게 아니오. 한 치 앞도 보이지 않을 정도로 지독하게 내려앉은 안개 속에서 동시다발적으로 들이칠 놈들의 기습을 어떻게 막느냐 하는 것이 당면 과제요."

"맞소."

무적전왕 한백남이 고개를 끄덕이며 말을 받았다.

"한편으로 곧바로 선주와 연락을 취해야 하오. 어쨌든 이 대흥 일대는 태극천맹 청성 지부 무사들로 가득 차 있으니, 그들과 연계하여 놈들을 수색하는 게 최선이라고 생각하오."

무정검왕과 무적전왕의 말에 대부분의 노기인들이 고개를 끄덕이며 찬성했다. 확실히 지금 이 상황에서는 두 사람의 제안만큼 현실적인 방법이 없었으니까.

＊　＊　＊

"무림오적이 나타났다고요?"

천소유는 깜짝 놀라 물었다. 비선의 심복들이 허리를 숙인 채 대답했다.

"네. 수백 명의 정체를 알 수 없는 괴인들이 대흥현 일대를 포위하는 중입니다. 아무래도 무림오적과 황계가 분명해 보입니다."

"아니, 그들이 이곳을 어떻게 알고?"

"사천은 황계의 본산이니까요. 입단속을 한다고는 했지만 객잔의 점소이, 기루의 기녀 등 거리에서 일하는 모든 이들의 입을 꿰맬 수는 없었으니까요."

"하아. 그렇다고 놈들이 이곳을 포위할 때까지 전혀 몰랐던 건가요?"

"워낙 안개가 지독하게 깔렸습니다. 이곳에서 평생을 살아온 노인들도 이만한 안개는 처음이라고 할 정도로 짙은 안개입니다."

"너무 걱정하지 않으셔도 될 겁니다, 선주. 아니, 외려 놈들이 숨어 있지 않고 이렇게 모습을 드러낸 걸 호재라고 생각하셔도 무방합니다. 어쨌든 우리에게는 백팔원로와 무림십왕이 있지 않습니까?"

"저도 그렇게 생각합니다, 선주. 하룻강아지 범 무서운 줄 모른다고 겨우 무림오적이나 황계 따위가 무림십왕과 백팔원로를 상대로 포위망을 펼치다니, 이건 외려 놈들을 몰살시킬 절호의 기회입니다."

심복들 대부분 그렇게 주장하고 있었다.

또 언뜻 보기에는 충분히 그렇게 말할 수 있는 상황이기도 했다. 백팔원로는 대부분 그 출신이 각 문파의 전대 기인들이었고, 무엇보다 무림십왕은 이 시대 최강의 고수들이었다.

지금 무림오적과 황계의 행동은 그야말로 섶을 지고 불길로 뛰어든 것과 다를 바가 없었다.

하지만 천소유의 표정은 전혀 밝아지지 않았다. 그녀의 아름다운 얼굴은 잔뜩 찌푸려져 있었고, 고운 미간(眉間)은 주름살로 덮여 있었다.

"아니에요."

천소유는 심각한 어조로 말했다.

"무림오적과 황계가 그런 상황을 모르고 우리를 포위하지는 않았을 겁니다. 분명 뭔가 노리고 있는 게 있을 거예요."

그게 과연 무엇일까.

천소유는 저도 모르게 붉고 탐스러운 입술을 잘강잘강 씹기 시작했다.

8장.
절호(絶好)의 기회(機會)

강만리는 저도 모르게 인상을 찡그렸다.
그럴 수도 있었다. 그렇지 않을 수도 있었다.
어쨌든 지금 저렇게 화군악과 대화를 나누며
한없이 순수하고 밝게 웃는 십삼매가,
강만리는 그저 마냥 믿을 수만은 없을 따름이었다.

절호(絶好)의 기회(機會)

1. 기습하기 딱 좋은 날씨

 태극천맹 쪽에서 보자면 그녀만큼 무림오적을 잘 아는 이가 없었다. 그녀는 장예추가 오라버니를 죽인 후 십 년 가까운 세월 동안 오로지 복수만을 위해서 장예추를 쫓고, 무림오적을 뒤쫓았다.
 몇 년 전에는 심지어 거의 다 잡을 뻔했다. 악양부에서 시작하여 금적산의 장원까지 이어지는 장정(長征) 끝에 그녀는 무림오적을 궁지로 몰아넣을 수 있었다.
 하지만 무림오적은 그녀가 생각했던 것보다 훨씬 더 영리하고 강했다. 그녀는 외려 무림오적의 포로가 되어 버렸고, 결국 그들이 천라지망(天羅地網)을 빠져나가는 데

직접적으로 도와준 꼴이 되고 말았다.

이후 그녀에게 쏟아진 질타와 비난은 거세고 맹렬할 수밖에 없었다.

원로와 백도의 노기인 수십 명을 잃는 와중에 정작 손에 넣은 건 아무것도 없었다. 말로 표현할 수 없을 정도의 처참한 패배였고, 당연히 천소유에게 그 결과에 대한 모든 책임이 지어졌다.

만약 건곤가를 비롯한 오대가문의 가주들이 그녀를 비호하고 나서지 않았더라면, 아마 비선의 주인은 이미 한참 전에 바뀌었을 것이었다.

어쨌든 천소유는 근신과 감봉의 벌을 받았고, 비선의 움직임이 한동안 뜸했던 건 바로 그런 이유에서였다.

그런 천소유가 다시 백팔원로와 무림십왕을 이끌게 된 건 오로지 종리 총사라는 자 덕분이었다.

종리군이라고 했다.

그녀의 부친 천예무가 어느 날 갑자기 데리고 와서 건곤가의 새로운 총사라고 소개했을 때, 그 우아하고 수려하게 생긴 사내는 자신의 이름을 그렇게 밝혔다.

천소유는 솔직히 처음부터 그가 마음에 들지 않았다. 언제나 부드럽게 머금고 있는 미소는 왠지 모르게 가슴 섬뜩했고, 한없이 깊게 가라앉은 눈빛은 모골까지 송연케 만들었다.

물론 천소유가 종리군을 만나는 일은 극히 드물었다. 무엇보다 종리군은 바빠도 너무 바빴다.
 건곤가에서 그를 본 적은 단 한 번도 없었다. 그를 소개받았을 때, 그리고 악양부의 혼인식이 연기되기 직전, 그렇게 딱 두 번 그와 마주했을 뿐이었다.
 그런 종리군이 며칠 전 갑작스레 천소유를 찾아왔다.
 "무림오적과 황계를 몰살시킬 절호의 기회가 왔습니다."
 종리군은 무심한 목소리로 말했다.
 여전히 그의 눈빛은 한없이 깊었고, 입가에는 습관처럼 미소가 매달려 있었다. 천소유는 등골을 타고 소름이 끼치는 걸 억지로 참으며 입을 열었다.
 "본 가를 비롯해 오대가문이 나서면 될 일을 가지고 굳이 저를 찾아오신 이유가 뭔가요?"
 "오대가문만으로는 부족하다고 생각했기 때문입니다."
 종리군은 당연하다는 듯이 말했다.
 "생각 같아서는 오대가문의 모든 병력을 다 동원하고 싶지만, 오대가문의 가주들이 제 말을 들어주지 않아서 말이죠. 나름대로 최선을 다했지만 결국 그들이 지닌 병력의 일각(一角)만 동원할 수 있었습니다. 하지만 역시 그것만으로는 무림오적을 잡기에 부족하거든요."
 천소유는 오대가문의 정예까지 동원되었다는 이야기에

저도 모르게 마른침을 꿀꺽 삼키며 물었다.

"그럼 비선의 전력을 부탁하는 게 아니겠군요?"

"물론입니다."

종리군은 빙긋 미소 지으며 말했다.

"백팔원로, 거기에 무림십왕까지 부탁드리겠습니다."

천소유의 눈이 휘둥그레졌다.

백팔원로와 무림십왕이 움직이게 되기까지는 종리군의 지혜가 상당한 도움이 되었다. 천소유는 그의 조언을 들으면서 어쩌면 그야말로 세상에서 가장 영리하고 교활한 자가 아닐까 생각했다.

사람들의 치부를 건드리고 자존심에 상처를 내면서도, 정작 그들의 분노와 증오를 무림오적에게로 향하게 만드는 종리군의 수법은 천소유가 보기에도 영활하기 짝이 없었다.

어쨌든 그렇게 해서 종리군의 뜻대로 백팔원로와 무림십왕-전부는 아니지만-이 이곳 사천으로 출정하게 되었고, 무림오적의 본거지였던 화평장에서 공적십이마 중 세 마두를 해치우는 성과를 올리게 된 것이었다.

아쉬운 건 그들이 도착했을 때 이미 장예추를 비롯한 무림오적이 도주한 것인데, 지금 놀랍게도 그 무림오적이 황계와 연계하여 외려 백팔원로와 무림십왕을 기습하려 하는 것이었다.

'달걀로 바위 치기일 텐데…….'

천소유는 입술을 잘강잘강 씹으며 생각했다.

객관적인 전력(戰力)으로 보자면 실로 무모한 기습이었다. 하지만 천소유는 장예추를 비롯한 무림오적이 그렇게 무모한 짓을 벌일 자들이 아니라는 사실을 익히 잘 알고 있었다.

특히 강만리, 그자는 종리군처럼 영리하고 교활한 자였다. 분명 뭔가 흉계가 숨겨져 있었다.

잠시 생각하던 그녀는 곧 심복들을 돌아보며 빠르게 지시를 내렸다.

"먼저 객잔의 원로들께 함부로 움직이지 말라고 전달하세요. 또한 청성 지부의 모든 무사들을 동원하여 철저하게 방어망을 구축하세요. 안개 속에 숨어 있는 그들을 수색하기 위해 사람들을 뿔뿔이 흩어 놓는 건 그들의 술수에 넘어가는 일입니다. 그러니 최대한 모든 병력을 한곳으로 집결하라고 전하세요."

"존명!"

"명을 따르겠습니다."

심복들이 빠르게 대답한 다음 서둘러 방을 빠져나갔다.

홀로 남은 천소유는 힐끗 창밖을 내다보았다. 한없이

깊은 어둠이 창밖의 풍경을 가로막고 있었다. 천소유의 얼굴에도 그 어둠처럼 깊은 그늘이 내려앉았다.

* * *

"우리가 먼저 치는 거다."

강만리의 말에 대청 탁자에 앉아 있던 모든 사람의 눈이 휘둥그레졌다. 심지어 담우천마저도 놀란 눈빛으로 강만리를 돌아보았다.

강만리는 오리고기 한 점을 우적우적 씹으며 말을 이어 나갔다.

"원래 사냥감이 되는 것보다 사냥꾼이 되는 게 훨씬 더 나은 법이거든. 안 그래, 예추?"

장예추가 고개를 끄덕였다.

"네. 아무래도 느끼는 압박감이나 초조, 불안한 감정들이 전혀 다르니까요. 사냥감은 언제나 사방을 경계해야 하고 불안에 떠는 반면, 사냥꾼은 함정을 파 둔 채 느긋하게 기다리기만 하면 되니까요."

"그래. 바로 그거거든. 만약 우리가 저 백팔원로와 무림십왕의 사냥감이 되었다고 치자. 그러면 언제 놈들이 쳐들어올지, 어떤 식으로 기습해 올지 전전긍긍하며 기다려야 하잖아? 그래서 거꾸로 가자는 거야. 우리가 선

제공격을 퍼붓는 것으로 외려 저들이 전전긍긍하게 만드는 거지."

"그게 가능하겠습니까?"

화군악의 물음에 강만리는 한 차례 가볍게 어깨를 으쓱거리고는 십삼매를 돌아보며 말했다.

"황계의 적극적인 지원이 있다면 충분히 가능하다."

십삼매가 묘한 눈빛으로 쳐다보는 가운데 강만리는 계속해서 말을 이어 나갔다.

"우선 놈들이 지금 어디에 모여 있는지 황계의 정보망을 통해서 알아내는 거다. 놈들은 이 성도부에서 그리 멀리 떨어져 있지 않은 곳, 그러니까 최소한 하루 안에 왕복할 수 있는 거리를 벗어나 있지는 않을 게야. 그래야만 언제든지 우리를 기습할 수 있을 테니까."

"흠. 그건 뭐…… 황계의 정보망이라면 쉽게 알아낼 수 있겠군요."

"그리고 날씨다."

"날씨요?"

"그래. 이맘때쯤이면 여기 성도부도 마찬가지이지만, 한낮에도 짙은 안개가 껴서 한 치 앞을 볼 수 없는 상황이 종종 벌어지지. 그야말로 기습하기 딱 좋은 날씨라는 게다."

"흐음. 그것도 그러네요. 안 그래도 지금 거리는 온통 희뿌연 안개로 뒤덮여 있어서 어디가 어디인지 전혀 감을 잡을 수가 없으니까요."

"눈보라가 휘몰아치는 한겨울의 전장(戰場)이라……. 언젠가 무적가 사람들과 싸웠던 때가 기억나는군."

담우천의 말에 장예추가 희미하게 웃으며 대꾸했다.

"싸웠다니요? 저는 싸운 기억이 전혀 없는데요. 그냥 암살했던 기억만 있을 뿐입니다."

"뭐, 그건 그렇지."

담우천이 고개를 끄덕였다.

당시 담우천과 장예추는 눈보라가 세차게 휘몰아치는 상황을 이용하여 무적가 사람들의 뒤를 쫓으며 한 명, 한 명 암살하는 수법으로 대부분의 무적가 고수들을 해치우는 전과를 올렸다.

오직 그들 단둘에서 오백 명 가까운 자들을 상대하여 압도적인 승리를 거둘 수 있었던 건 역시 그 한 치 앞도 보이지 않는 날씨 덕분이었다.

강만리는 오리고기를 먹느라 손가락에 묻은 기름을 쪽 빨아 먹은 후 아무렇게나 옷자락에 닦으며 다시 입을 열었다.

"게다가 사천은 우리의 땅이다. 특히 성도부 오백여 리 안팎이라면 눈을 감고도 돌아다닐 수 있지. 즉, 아무리 안개가 끼고 한 치 앞을 볼 수 없다고 하더라도 적어도 황계 사람들이나 나, 그리고 군악 정도는 제 앞마당 활보하듯 움직일 수 있다는 게다. 그런 장점을 활용하지 않는다면 그야말로 바보 멍청이인 게야."

대부분의 사람이 강만리의 말에 동의하듯 고개를 끄덕일 때였다.

2. 역시 바보가 되었구나, 임자

"좋아요. 그건 그렇다고 쳐요."

십삼매가 입을 열었다.

"하지만 상대는 어디까지나 백팔원로와 무림십왕이에요. 그들을 상대하다가 우리 황계가 입을 피해도 생각해 봐야 하거든요."

"그건 또 무슨 소리야?"

강만리는 어이가 없다는 투로 말했다.

"설마 태극천맹와 오대가문을 상대로 싸우면서 아무런 피해도 보지 않을 작정이었어? 오직 우리 형제들만으로, 거기에 그 소야라는 멍청이까지 해서 저들을 상대하게 만들 생각이었나? 단지 그것만으로 저들을 이길 거라고 예상했던 거야? 그렇게 계획을 세웠던 거야?"

"그, 그건 아니지만……."

"지금이 절호의 기회라고."

단언하듯 그렇게 말한 강만리는 술을 한 잔 마신 후 계속해서 입을 놀렸다.

"생각해 봐. 지금 이 사천에 와 있는 무리는 태극천맹이 지닌 모든 전력의 절반 이상이라고 할 수 있어. 남은 건 태극감찰밀과 각 지부, 그리고 맹주를 비롯한 수뇌부들, 겨우 그 정도라고."

"그렇죠, 그건."

화군악이 맞장구를 치듯 한마디 거들었다. 강만리는 자신이 말하는 도중에 끼어든 화군악을 노려보면서 말을 이어 나갔다.

"태극천맹의 전력을 반 이상 없앨 이 좋은 기회를, 황계가 큰 피해를 볼지도 모른다고 외면하겠다? 그게 두렵다면 애당초 싸움을 걸지 말았어야지."

십삼매는 아무 말도 하지 않았다.

"게다가 공적십이마의 세 노마 덕분에 오대가문의 정예 고수들을 해치운 상태야. 오대가문 또한 이번 전투로 상당한 전력 손실을 입었겠지."

"물론 우리도 한몫 단단히……."

또 끼어들려던 화군악은 강만리가 자신을 노려보는 눈빛에 기가 질린 듯 어깨를 움츠리며 입을 다물었다.

강만리가 말했다.

"만약 그들이 이 사실을 접하고 크게 분노하여 남은 모든 전력을 이끌고 사천으로 달려온다면……."

그렇게 말하는 강만리의 눈가에 살짝 희미한 두려움의 빛이 스며들었다.

"오대가문의 가주들이 모든 가신(家臣), 호신(護臣)들을 대동하고, 거기에 수십수백 구가 될지도 모르는 온갖 강시들, 오대가문이 부리는 살수 조직들이 총동원된다면……."

누군가 저도 모르게 꿀꺽, 하고 침을 삼켰다.

"그때는 백팔원로와 오대가문의 협공으로 이곳에 있는 모든 이들이 몰살당하겠지. 약간의 피해 어느 정도의 피해 따위가 아니라 아예 몰살인 거지."

강만리는 몰살이라는 단어에 힘을 주어 말했다. 듣고 있던 사람들은 저도 모르게 그 상황을 떠올렸고, 이내 고개를 휘휘 내젓거나 침음성을 흘렸다.

몰살이라는 단어가 그들의 가슴을 후벼 파고 있었다.

"솔직히 말해서 지금 나는 말이지. 이게 웬 떡이냐고 생각하고 있거든?"

강만리는 엉덩이를 긁적이며 말했다.

"만약 애당초 저들이 소수 정예만 차출하지 않고 모든 전력을 총동원해서 화평장으로 쳐들어왔다면 아마 지금쯤 우리 모두 염라대왕 앞에 모여 있었을 거야. 그렇게 되지 않은 게 진짜 천만다행이지."

"그렇다면 왜 놈들은 모든 병력을 총동원하지 않았을까요? 종리군이 그것도 생각하지 못했을 리 없을 텐데요."

화군악이 또 끼어들었다. 하지만 이번에는 강만리도 그를 노려보지 않은 채 순순히 대답했다.

"그야 오대가문의 가주에게 아직도 자존심이 남아 있었기 때문이지. 겨우 다섯 명을 상대하기 위해서 자신들의 모든 병력을 총동원한다? 그건 그들의 자존심이 절대 용납하지 못했을 거야. 아무리 종리군이 설득해도 허락하지 않았을 거야. 또 그래서 결국 종리군이 계획을 바꿔 백팔원로와 무림십왕을 동원했을 테고."

강만리는 힐끔 장예추를 바라보며 말을 이었다.

"아마 비선 선주와 뭔가 협의가 있었을 게다, 종리군과. 그리고 우리가 아는 그녀라면 반드시 이곳 사천에 동행했을 테고, 또 어쩌면 지금 저 사천 땅 어딘가의 창밖을 내다보며 다음 계획을 생각하고 있겠지."

장예추는 무심했다. 어쩌면 그는 비선 선주가 천소유라는 사실을 잊고 있는지도 몰랐다.

강만리는 계속해서 말했다.

"그러니까 다시 한번 말하지만 지금이 절호의 기회라는 거다. 태극천맹 전력의 절반을 없앨 수 있는, 오대가문 가주들의 자존심을 송두리째 꺾을 수 있는, 그리하여 저들이 이성을 잃고 폭주하게 만들 수 있는 절호의 기회! 임자는 이걸 놓치겠다는 건가, 지금?"

 강만리는 십삼매를 노려보며 말을 맺었다. 십삼매는 길게 한숨을 내쉬며 입을 열었다.

 "제가 그걸 왜 모르겠어요?"

 그녀는 아직도 망설이는 눈치였다.

 "단지…… 십이백야와 오십여 명의 황백만으로는 무림십왕과 백팔원로를 상대로 승리를 장담할 수 없기 때문에 그러는 거죠. 어쩌면…… 자칫하다가 우리의 모든 전력을 송두리째 잃을 수도 있어요."

 "허어, 그동안 진짜 바보가 된 거야?"

 강만리가 신랄하게 십삼매를 비난했다.

 "왜 우리는 제외하는데? 지금껏 그토록 우리를 부려 먹었으면서 왜 정작 가장 중요한 순간에는 우리를 생각하지 않는 건데? 설마 우리에게 미안한 감정이 있다거나 혹은 인정(人情) 같은 게 있어서 그런 건 아니겠지?"

 "그건……"

 "임자답지 않아, 망설이는 건."

 강만리는 무뚝뚝하게 말했다.

 "평소답게, 꼬리 수십 개 달린 여우답게, 그렇게 웃는 낯으로 부탁하면 돼. 뭐, 우리가 한두 해 알고 지낸 사이도 아니고, 임자의 속내가 어떤지 왜 모르겠어? 그러니 괜한 가식 보이지 말고 솔직하게 이야기하라고."

 강만리의 냉정한 말에 속이 상하기라도 한 것일까. 놀랍게도 십삼매의 얼굴이 찌푸려졌다. 그녀는 입술을 잘강잘강 씹다가 다시 한번 크게 한숨을 내쉬며 말했다.

 "좋아요. 솔직히 말씀드리죠. 사실 저는 오라버니들을 이곳에서 잃기 싫었거든요. 오대가문의 가주를 상대하기 위해서는 반드시 오라버니들이 필요하다고 생각했기 때문이죠. 그래서 만에 하나, 무림십왕과 백팔원로와 싸우다가 오라버니들이……."

 십삼매는 게서 잠시 말을 멈췄다가 다시 이어 갔다.

 "어쨌든 한 분이라도 잃을 수 없다고 여겼기에 전력에서 제외한 거예요."

 "역시 바보가 되었구나, 임자."

 강만리가 팔짱을 끼면서 말했다.

 "우리가 그깟 무림십왕이나 백팔원로에게 당할 거라고 생각하다니……. 도대체 우리가 누구인지 알고 있는 거야, 아니면 아예 모르고 있는 거야?"

 "그, 그야……."

 "우리는 무림오적이라고."

 강만리는 단호한 어조로 말했다.

 "비록 황계가 계획하고 키우기는 했지만 이미 황계의

손을 훌쩍 뛰어넘어 버린, 세상 모든 사람이 공포와 두려움에 질려 벌벌 떠는 무림오적이 바로 우리들이라고."

"맞습니다!"

화군악이 어깨를 으쓱거리는 가운데 강만리의 말은 계속 이어졌다.

"저 여진의 수십만 대군에 포위되었을 때도 누구 하나 죽지 않고 빠져나온 우리라고. 이른바 천년마교(千年魔敎)의 음양마라강시도 박살 내고, 오대가문의 모든 조직을 하나씩 깨부수고 있는 우리라니까. 그런데 무림십왕 따위가 우리를 어떻게 할 수 있다? 그건 임자가 우리를 너무나도 몰라서 하는 말이야."

"암요, 십삼매는 우리를 몰라도 너무 모른다고요."

화군악은 강만리의 이야기에 잔뜩 흥분해서 소리치듯 말했다.

"우리가 누구냐고요? 무당파의 태극혜검을 익혔고, 남궁세가의 제왕검해를 익혔으며, 포달랍궁(布達拉宮)의 유가미륵심공을 익힌 사람들입니다! 따지고 보면 천하에서 가장 강한 무공을 익힌 우리들이 겨우 무림십왕 따위에게 목숨을 잃다니, 그건 말도 되지 않는 소리입니다!"

아쉽게도 화군악은 담우천과 담호가 소림사의 비전인 무무진경의 일맥(一脈)을 잇고 있다는 사실까지는 정확하게 알지 못하고 있었다.

하지만 그럼에도 불구하고 지금 화군악이 이야기하고 있는 내용은 확실히 절대 있을 수 없는, 일어날 수 없는 일이기는 했다.

태극혜검과 제왕검해, 오직 그 두 가지만으로도 천하를 지배할 수 있는 당당한 힘과 무위를 지닐 수 있었으니까.

3. 불신(不信)

대청 안으로 누군가 걸어들어오는 기척이 있었다. 고양된 감정에 잔뜩 흥분해 있던 화군악도 그 기척을 눈치채고는 서둘러 입을 다물었다.

새롭게 대청에 들어선 자는 이곳 홍화루의 도 지배인이었다. 그는 홍화루 대청을 점거하고 있다시피 한 사람들을 향해 고개를 숙인 후 십삼매에게 다가가 조심스레 입을 열었다.

"그들의 행방을 알아냈습니다."

십삼매의 눈빛이 반짝였다.

도 지배인의 목소리는 매우 낮았지만 강만리들은 모두 그 목소리를 똑똑히 들을 수 있었다. 하지만 그들은 훔쳐 듣는 티를 내지 않은 채 음식을 먹거나 술을 마셨다.

도 지배인이 계속해서 보고했다.

"대읍현 풍양객잔(風陽客棧) 일대에 삼엄한 경비가 펼쳐져 있다고 합니다. 태극천맹의 청성 지부 무사들이 주변 십여 리 일대를 철통같이 경계하는 중이라고 합니다."

십삼매는 잠시 생각하다가 입을 열었다.

"그곳에 무림십왕과 백팔원로가 있다는 게 확실한가요?"

"정보를 보내온 점소이와 기녀들의 전갈에 따르자면 워낙 경비와 보안이 철저해서 그 일대 가까이에 다가갈 수 없었다고 합니다만, 성도부 주변 오백여 리 안에서 태극천맹의 기이한 움직임이 있었던 건 오직 그곳뿐입니다."

"으음."

십삼매의 이맛살이 한데 모였다. 그녀는 가늘고 긴 손가락을 들어 제 부드러운 입술을 만지작거렸다.

그 모습이 얼마나 고혹적이고 매력적인지 지켜보던 담호는 저도 모르게 황급히 고개를 숙였다. 옆자리에 찰싹 달라붙어 앉아 있던 소홍이 괜히 심술 난 표정을 지으며 담호의 허벅지를 꼬집었다.

담호는 어른들 앞에서 감히 아픈 기색도 내비치지 못한 채 그저 순식간에 멍들었을 허벅지를 어루만질 수밖에 없었다.

"무영에게 전하세요."

이윽고 고민하던 십삼매의 입이 열렸다. 도 지배인이 고개를 조아리며 말했다.

"말씀하십시오, 십삼매."

"이제 저들이 어디 있는지 알게 되었으니, 십이백야와 황백 모두를 이곳 홍화루로 다시 불러 모으라고 하세요. 이후 황계의 모든 사람은 그 신분의 고하를 막론하고 무림오적, 그리고 강 오라버니의 지시를 따르도록 하세요. 상황이 끝날 때까지는 무림오적의 지시가 곧 총계주의 지시를 대신하는 겁니다."

거기까지 단숨에 말한 십삼매는 문득 결연한 의지가 담긴 표정을 지으며 말을 덧붙였다.

"지금이야말로 태극천맹과 오대가문의 콧대를 누를 수 있는, 그리고 그들의 전력을 반 이상 없앨 수 있는 절호의 기회이니까요."

"명심하겠습니다!"

대답하는 도 지배인의 얼굴에도 결연하면서도 엄숙한 표정이 깃들었다.

그에 반해서 화군악은 문득 강만리를 돌아보며 키득거렸다. 강만리는 무뚝뚝한 표정을 짓고 있던 와중에 절로 안면 근육이 꿈틀거렸다.

그런 가운데 십삼매의 지시는 계속해서 이어졌다.

"무군에게 연락하여 대읍현 일대에서 벌어진 상황에

관해 절대 관부가 끼어들지 못하도록 하세요. 또한 무문과 무옹에게도 전갈을 보내서 각지에 흩어져 있는 황백들을 최대한 이끌고 대읍현으로 오라고 하세요."

"그리하겠습니다."

도 지배인은 곧바로 대청을 빠져나갔다.

십삼매는 길게 한숨을 내쉬다가 문득 화군악의 수작질을 발견하고는 가볍게 눈살을 찌푸리며 투덜거렸다.

"왜 비웃는데? 설마하니 내가 강 오라버니의 말을 빌려 썼다고 그렇게 웃는 거야?"

"하하, 십삼매도 참. 제가 언제 십삼매를 비웃었다고 그러십니까? 그저 순식간에 말이 바뀐 십삼매의 그 재빠른 전환에 놀랐을 뿐이거든요."

"흥! 그런 걸 보고 유연하다고 하는 거야. 생각이 유연하고 사고 전환이 빨라야만 시시각각 변하는 상황에 제대로 대처할 수 있는 거지. 내가 마냥 고집을 부렸거나 외곬이었다면 이미 황계가 무너져도 몇 번은 무너졌을 걸?"

조금 전과는 달리 평범한 여인의 투정처럼 입술을 삐죽이며 반박하는 십삼매의 모습은 그 어느 때보다도 순수하게 빛나고 있었다.

하지만 강만리는 여전히 무뚝뚝한 눈빛으로 그녀를 바라보았다.

절호(絶好)의 기회(機會) ⟨253⟩

'과연 그녀가 바보가 되었을까?'

문득 그런 의문이 들었던 까닭이었다.

'아니면 일부러 바보처럼 굴었을 뿐일까?'

강만리는 머리를 굴렸다.

만약 십삼매가 먼저 무림오적의 도움을 청했다면, 그때 자신의 반응이 어땠을지 생각해 보았다. 그리고 지금 이렇게 자신이 먼저 나서겠다고 말한 상황과 또 무엇이 다른지도 생각했다.

'어쩌면 이번에도 또다시 그녀의 계략에 넘어간 건 아닐까?'

강만리는 저도 모르게 인상을 찡그렸다.

그럴 수도 있었다. 그렇지 않을 수도 있었다.

어쨌든 지금 저렇게 화군악과 대화를 나누며 한없이 순수하고 밝게 웃는 십삼매가, 강만리는 그저 마냥 믿을 수만은 없을 따름이었다.

* * *

상황은 빠르게 진행되었다.

강만리는 형제들에게 각자 할 일을 지시했다. 자신에게 주어진 의외의 임무에 놀라고 당황하여 항변한 이들도 없지 않았지만, 결국 그들 모두 강만리의 계획에 고개를 끄덕이고 수긍할 수밖에 없었다.

담호 또한 그 계획의 일부분이 되었다. 부친 담우천으로부터 당당하게 인정받게 된 후, 그는 무림오적의 어엿한 동료가 되어 있었다.

담호는 가슴이 쿵쾅거리는 것을 억지로 참으며 자신에게 주어진 임무를 똑똑하게 기억했다.

그렇게 형제들과 담호에게, 만해거사와 진재건에게 일일이 각자의 임무를 내린 강만리는 십삼매를 돌아보며 물었다.

"십이백야와 황백들은 언제 모이지?"

지금 그들은 백팔원로와 무림십왕의 행적을 뒤쫓기 위해서 사천 일대로 흩어져 수소문하던 참이었다. 뒤늦게 연락을 보냈으니 아무래도 내일 오전까지는 모든 이가 집결하기 힘들 터였다.

십삼매로부터 설명을 들은 강만리는 고개를 끄덕이며 입을 열었다.

"상관없다. 어차피 오늘은 푹 쉬고 내일 오후에 출발할 작정이었으니까. 하지만 군악과 예추, 너희들은 지금 당장 움직여야 한다."

"이 밤중에요?"

"그래. 부탁한다. 너희들이야말로 이번 사천전투(四川戰鬪)의 승패를 좌우하는 열쇠가 될 테니까."

"하하. 걱정하지 마십시오, 형님. 반드시 해낼 테니까요."

"네 걱정은 하지 않는다. 예추가 맡은 일이 걱정이지."

장예추는 화군악과 달리 침착한 어조로 말했다.

"저도 걱정하지 마세요, 형님. 최선을 다할 테니까요."

"그래. 부탁한다."

강만리의 말을 끝으로 장예추와 화군악은 곧장 자리에서 일어났다. 그들은 다른 사람들의 성원을 받으며 곧바로 홍화루를 빠져나갔다.

희뿌연 안개로 뒤덮인 깊은 밤이었다.

9장.
마음 놓고 취할 날

담호는 뜨끔했다.
평소의 그라면 솔직하게 사실대로 이야기했을 것이다.
하지만 본능적으로 느끼고 있었다.
이런 상황에서는 절대 솔직해지면 안 된다는 것을.
설령 상대가 이미 알고 있다 하더라도 반드시 거짓말을 해야 한다는 것을.

마음 놓고 취할 날

1. 이 아이가 정말……

회의가 끝난 후 사람들은 자리에서 일어났다.

곧 닥칠 사천전투를 위해서 최대한 안정을 취할 수 있는 유일한 밤이었다.

담호도 어른들을 따라 일어났다.

그때였다. 소홍이 살그머니 그의 옷자락을 붙잡았다.

담호가 고개를 돌렸다. 무슨 일일까. 소홍은 살짝 붉어진 얼굴을 외로 꼬며 속살거리듯 말했다.

"나 좀 봐."

담호는 머뭇거렸다. 이미 부친과 강만리들은 십삼매와 함께 객잔 뒷문으로 걸어가고 있었다.

그 담호의 망설이는 기척을 눈치챈 것일까. 일행 중 마지막으로 어슬렁거리며 걷던 만해거사가 힐끗 뒤를 돌아보았다.

백발의 노인은 두 젊은이가 아직도 머뭇거리며 서 있는 걸 보더니 인자한 미소와 함께 한쪽 눈을 찡긋거렸다. 그러고는 아무 일 없다는 듯이 일부러 크게 헛기침하면서 앞서 걷던 사람들의 주의를 끌었다.

"허험! 날씨를 보아하니 아무래도 내일 하루 종일 안개비가 내릴 것 같군그래. 다들 우의를 준비해야 할지 모르겠어."

"하루 종일 비가 오더라도 우의까지는 필요 없잖습니까? 죽립이면 충분하겠죠."

강만리는 그렇게 말하며 뒷문을 열고 별채로 이어지는 뒷마당으로 나섰다. 아닌 게 아니라 공기가 끈적거리고 축축한 것이 한바탕 비라도 쏟아질 것만 같은 날씨였다.

강만리 일행은 희뿌연 안개가 잔뜩 낀 마당을 가로질러 별채로 발길을 옮겼다. 별채를 지키고 있던 점소이가 그들을 보고는 화들짝 놀라며 고개를 숙였다.

십삼매가 말했다.

"가서 술과 안주 좀 내오렴."

"알겠습니다, 십삼매."

점소이가 후다닥 도망치듯 사라지는 가운데, 사람들은

별채 객청으로 들어섰다.

털썩! 소리가 날 정도로 자리에 앉은 강만리는 사람들을 둘러보다가 문득 의아한 표정을 지었다.

"어라, 담호는?"

그리고 보니 담호의 모습이 보이지 않았다. 만해거사가 "아!" 하며 입을 열었다.

"내가 잠깐 심부름 좀 시켰네."

"심부름이요?"

"그래. 조금 있으면 돌아올 게야. 자, 그건 그렇고…… 십삼매도 술이 센가?"

만해거사는 노련하게 화제를 돌렸고, 강만리를 비롯한 사람들은 별생각 없이 십삼매를 바라보았다.

"글쎄요."

십삼매는 애매하게 웃었다.

"조금 마시기는 하지만 감히 무림인들 앞에서 논할 주량은 아니지요."

"허허, 그런가? 그럼 오늘 밤은 다들 내공 같은 거 사용하지 말고 누가 진짜로 술이 강한가 한번 내기해 보세. 이렇게 마음 놓고 취할 날도 이제 얼마 남지 않았을 테니."

강만리는 묘한 눈빛으로 만해거사를 바라보며 뭔가 한 마디 하려다가 이내 마음을 바꾼 듯 활짝 웃으며 크게 고개를 끄덕였다.
 "좋습니다! 이 참에 포두 시절 단련된 주량이 어느 정도인지 똑똑하게 보여 드리겠습니다!"
 십삼매가 웃으며 말을 받았다.
 "그렇다면 열 말 정도의 술도 부족하겠네요. 사람들을 시켜 술이 떨어지는 일이 없도록 단단히 준비해 둬야겠어요."
 그렇게 웃는 얼굴과는 달리 십삼매는 내심 적잖게 당혹해하고 있었다.
 '이 아이가 정말······.'

 "무, 무슨 일인데? 왜 그러는데, 누나?"
 담호는 한사코 잡아끄는 소홍의 손길을 뿌리치지 못한 채 홍화루 이 층으로 끌려 올라갔다.
 "가만있어. 나만 따라오면 돼."
 소홍은 씩씩거리며 담호를 잡아끌었다.
 결국 담호를 끌고 이 층으로 올라온 소홍은 주위를 두리번거렸다.
 탁 트여 있는 일 층 대청과는 달리 이 층은 한가운데의 복도를 따라 양쪽으로 조그만 방들이 길게 늘어서 있었다. 소홍은 그 여러 방 중 하나의 문을 열었다.
 부드럽고 달콤한 향기가 방 안에서 흘러나왔다. 소홍은

방 안에 아무도 없는 걸 확인하고는 힘껏 담호를 잡아끌어서 방에 들여보내고 문을 잠갔다.

소홍이 불을 밝히자 아기자기한 분홍빛 장식들로 가득한 방 안의 모습이 고스란히 드러났다.

침상 머리맡에는 조그만 향로가 놓여 있었는데, 이 은은하게 풍기는 부드럽고 달콤한 향기는 그 향로에서 흘러나오고 있었다.

담호는 당황한 채로 소홍을 바라보았다. 소홍의 얼굴은 새빨갛게 물들어 있었는데 심지어 금방이라도 울 것만 같아 보였다.

"도대체 무슨······."

담호가 다시 물어보려고 했다.

하지만 소홍은 담호에게 입을 열 틈을 주지 않았다. 그녀는 마치 먹이를 본 맹수처럼 와락 담호에게 덤벼들며 그의 입술에 제 통통하면서도 말랑말랑한 입술을 포갰다.

담호는 갑작스러운 그녀의 입맞춤에 놀라고 당황한 나머지 그 기세를 이기지 못한 채 침상 위로 나동그라졌다. 졸지에 소홍이 담호의 위로 올라탄 형국이 되었다.

소홍은 금방이라도 담호를 잡아먹을 것처럼 그의 입술을 맹렬하게 빨았다.

담호는 입술을 타고 전해지는 황홀한 감촉에 아랫도리

가 절로 뻐근해지는 와중에도 그녀를 진정시켜야겠다고 생각하며 손을 뻗어 그녀를 밀치고자 했다.

하지만 소홍은 담호의 손길을 맹렬하게 거절했다. 담호가 떼밀려고 하자 그녀는 더욱더 깊이 그의 품으로 파고들었다.

그녀의 뜨겁게 달뜬 호흡이 담호의 입술 사이로 흘러들었다. 동시에 활짝 열린 그의 입술 속으로 소홍의 붉고 탐스러운 혀가 미끄러지듯 파고들었다.

그녀의 선홍빛 혀는 촉촉하게 젖어 있었다. 통통하면서도 부드럽고 매끄러운 그녀의 혀는 마치 담호의 모든 걸 알고 싶다는 듯이 곳곳을 훑고 핥았다.

소홍의 처절할 정도로 한없이 뜨거운 열기가 전해졌을까. 어느 순간 담호도 그녀를 품에 안은 채 그 입맞춤에 집중하기 시작했다.

서로의 혀가 부딪치고 미끄러지듯 얽히며 서로의 타액이 상대의 입속으로 흘러 들어갔지만 두 젊은이는 전혀 개의치 않았다.

이미 그들은 이토록 뜨거운 입맞춤을 나눈 사이였다. 저 광활한 밤하늘 온통 별빛으로 빛나던 유주의 벌판에 누워서 두 사람은 영원할 것만 같았던 입맞춤으로 서로의 관계를 확인한 적이 있었다.

하지만 그때와 지금은 전혀 달랐다.

그때의 소홍과 지금의 소홍 역시 전혀 달랐다.

그때보다 훨씬 더 육감적인 몸매가 된 소홍은 그때보다 훨씬 더 적극적으로 움직였다.

마치 한 살이라도 더 많은 자신이 어린 담호를 인도해야 한다고 생각하는 것처럼, 그녀는 담호를 짓누른 채 끝없이 입을 맞추고 혀를 핥으며 옷을 벗겼다.

한창 뜨거운 입맞춤에 정신을 빼앗겼던 담호는 문득 그녀의 보드라운 손길이 자신의 옷을 벗기고 있다는 사실을 알아차리고는 화들짝 놀라며 그녀의 두 손을 잡았다.

소홍이 그제야 담호로부터 입을 뗐다.

"왜?"

헉헉거리면서 그렇게 묻는 소홍의 얼굴은 이미 울상이 되어 있었다. 땀으로 인해 이마와 머리카락까지 젖어 있는 그녀는 그 어느 때보다도 매혹적이고 요염했다.

담호의 가슴이 쿵쾅거렸다.

"왜? 안 돼?"

소홍이 고개를 들며 다시 물었다.

담호는 그제야 비로소 그녀의 탱탱한 젖무덤이 제 가슴을 짓누르고 있다는 사실을 깨달았다. 동시에 그 풍만한 무게감에, 짜부라질 정도로 한껏 밀착된 그 감촉에 담호의 아랫도리는 본능적으로 크게 일어섰다.

서로의 몸과 몸이 완벽하게 밀착된 상황이었다. 담호의

아랫도리가 벌떡 일어서자 소홍의 얼굴이 더욱 시뻘겋게 물들었다. 그녀의 얼굴이 새빨갛게 변하자 이내 담호의 얼굴도 붉어졌다.

"괜찮아. 상관없어."

소홍은 담호의 귓전에 속살거렸다.

"나도 원하고 있거든, 너를."

그 단내 나는 숨결에 담호의 정신이 아득해졌다. 소홍은 담호의 귓불을 빨며 다시 그의 옷을 벗기기 시작했다.

"누, 누나……."

담호가 억지로 입을 열었다.

"나중에 후회할지 몰라."

"후회하지 않아."

소홍의 손이 담호의 웃옷을 벗겼다. 근육질의 탄탄한 상체가 고스란히 모습을 드러냈다.

"그래도 이건……."

"조용히 해. 누나가 다 알아서 할 테니까."

소홍의 손이 담호의 바지 끈을 풀었다.

"아직 아무것도 모르지? 걱정 마. 누나가 다 공부하고 왔으니까. 언니들에게 다 물어봤거든. 처음에 어떻게 해야 하는지 말이야."

소홍이 담호의 바지를 천천히 벗겼다.

그 순간 담호는 저도 모르게 움찔거렸다. 커다랗게 부

푼 양물이 고스란히 모습을 드러내서가 아니었다.

아직도 그를 동정이라고, 여인의 살결 한 번 제대로 만져 보지 못한 애송이라고 생각하는 소홍에게 저도 모르게 죄책감을 느낀 까닭이었다.

"와아, 이렇게 생겼구나, 네 것은. 정말 멋있다."

소홍은 황홀한 듯이 담호의 양물을 지켜보다가 천천히 고개를 숙였다.

"아아, 누나!"

담호는 아랫도리에서 급격하게 피어오른 쾌락을 견디지 못한 채 반사적으로 허리를 들었다. 소홍의 입안에 그의 물건이 가득 찼다.

그렇게 두 젊은이의 한없이 뜨겁고 달콤하며 열락(悅樂)에 가득 찬 사랑이 시작되었다.

2. 본능(本能)의 거짓말

사랑의 흔적은 붉은빛으로 남았다.

붉게 달아오른 목덜미, 벌거벗은 몸 곳곳에 남아 있는 붉은 손자국, 마구 움켜쥔 까닭에 한껏 붉어진 젖무덤, 그리고 침상에 붉게 피어난 처녀의 흔적.

며칠 굶은 암호랑이처럼 맹렬하게 덮쳐든 것치고는, 골

목길 창녀 언니들에게 배운 그대로 담호에게 가르쳐 주었던 것치고는, 사랑을 끝낸 소홍은 왜소해 보일 정도로 그 풍만한 몸을 한껏 움츠린 채 오돌오돌 떨고 있었다.

그녀는 마치 망치로 뒤통수를 얻어맞은 듯한 충격을 감추지 못한 얼굴로 침상 구석에 쪼그리고 앉아 얇은 이불을 들어 자신의 아름다운 나신을 가리고 있었다.

'세상에! 이런 거였어, 정사라는 게?'

지금 소홍의 얼굴은 도저히 믿을 수 없다는 표정으로 가득 차 있었다.

언니들이 그랬다.

첫 경험은 아프기만 할 거라고.

아무리 사내가 능수능란하게 인도한다고 하더라도 온몸이 꿰뚫리는 듯한 그 통증은 쉽게 가라앉지 않은 채 첫 경험 내내 정신과 육체를 괴롭힐 거라고.

그 사내 경험 많은 언니들 모두 그렇게 말했다.

소홍은 겁먹었지만, 또 그래서 그녀는 더더욱 용기 내어 담호에게 자신의 모든 걸 내줬다. 언제고 그런 아픔과 고통을 겪어야만 한다면 차라리 그를 통해서 겪는 것이 가장 덜 아프리라 생각하면서.

하지만 언니들은 틀렸다. 사내 경험이 그렇게나 많던 언니들 모두 틀렸다. 첫 경험 때도 끝없는 절정에 이를 수도 있다는 사실을 언니들은 전혀 모르고 있었다.

그때였다.

"좋았어, 누나?"

지쳐 쓰러져 있던 담호가 문득 몸을 반쯤 일으키며 소홍에게 물었다.

"몰라!"

소홍은 앵돌아진 척 쏘아 댔다.

"어쩜 그렇게 능숙한 거지? 설마 내가 처음이 아니었던 거야? 왜 그렇게 잘하는 거야?"

담호는 뜨끔했다.

평소의 그라면 솔직하게 사실대로 이야기했을 것이다. 그는 지금껏 거짓말을 한 적이 없었으니까. 화평장 사람들 중 누구보다 솔직하고, 누구보다 정직한 게 담호였으니까.

하지만 담호는 본능적으로 느끼고 있었다. 화군악이나 설벽린에게 배우지 않아도 이미 알고 있었다.

이런 상황에서는 절대 솔직해지면 안 된다는 것을. 설령 상대가 이미 알고 있다 하더라도 반드시 거짓말을 해야 한다는 것을.

그랬다. 그건 좋고 나쁘고, 옳고 그르고를 떠난, 오로지 사내만이 지닌, 반드시 살아남기 위한 본능(本能)의 거짓말이었다.

"맹세코 처음이야, 누나가."

담호는 똑바로 소홍의 눈을 바라보며 말했다.

"내가 능숙했던 게 아니라 그만큼 우리가 잘 맞은 게 아닐까 싶은데?"

소홍이 살짝 얼굴을 붉히며 쑥스럽다는 듯이 말했다.

"그럼 우리 속궁합이 좋은 거네."

"속궁합?"

"아, 그런 게 있어."

소홍은 부끄러운 표정을 지으며 희미하게 웃었다.

유곽(遊廓)의 언니들이 늘 강조하는 말이 속궁합이었다. 무조건 속궁합이 좋아야 한다고 했다.

사내의 얼굴이 잘생기든 외양이 훤칠하든, 물건이 크든 기교가 뛰어나든 상관없다고 했다.

얼굴이 못생기고 외양이 볼품없어도, 물건이 조그맣고 기교가 형편없어도 유난히 자신에게 형용할 수 없는 쾌감과 쾌락을 주는 사내가 있다고 했다.

어떤 언니는 겨우 새끼손가락만 한 크기의 물건을 가진 단골이 있다고 했다. 몸을 뚱뚱하고 지저분하여 냄새도 끔찍하다고 했다.

하지만 그 냄새를 맡는 순간, 언니는 마치 미혼약에 중독이라도 된 것처럼 황홀해져서 정신없이 그 쉰내 나는 겨드랑이와 사타구니를 물고 빨았다고 했다.

소홍은 얼굴이 시뻘겋게 달아오르면서도 언니의 이야

기에 집중했다.

그리고 그 새끼손가락만 한 물건이 언니의 가랑이 깊은 곳에 들어오는 순간 수백, 수천 사내의 온갖 물건을 다 받아들인 언니는 단숨에 절정에 이르러 까무러친다고 했다.

언니들은 다들 그런 경험이 있다는 듯 '그래, 바로 그런 게 속궁합이지.'라고 말했다. 소홍은 언니들 틈바구니에서 그런 음담패설을 들으며 문득 담호야말로 자신과 가장 속궁합이 맞기를 바라고 또 기도했다.

그 바람과 기도가 통한 것일까.

놀랍게도 소홍은 첫 경험임에도 불구하고 몇 번이나 절정을 느끼고 까무러쳤다. 자신의 목소리라고는 도저히 생각되지 않는 교성을 터뜨리는 건 물론, 심지어 담호의 어깨를 깨물며 흐느끼기까지 했다.

문득 담호가 몸을 일으켜 앉더니 그녀의 어깨를 감싸 쥐고 머리를 쓰다듬었다. 소홍은 저도 모르게 담호의 품에 얼굴을 가져갔다.

담호는 부드럽고 다정한 목소리로 말했다.

"아버님께 말씀드릴 거야. 누나와 혼인할 거라고."

일순 소홍의 가슴이 콩닥거리기 시작했다. 하지만 그녀는 일부러 뾰족한 목소리로 말했다.

"어머나, 누구 마음대로 혼인해 준대? 그런 건 내 생각부터 먼저 물어봐야 하는 거 아냐?"
"그럼 나와 혼인하지 않을 거야?"
문득 담호의 목소리가 진지해졌다. 소홍은 입술을 삐죽거리며 말했다.
"바보."
"응? 왜?"
"그렇게 묻는 게 아니라고, 이 바보야."
"그럼 어떻게 물어야 하는데?"
소홍은 답답한 나머지 저도 모르게 한숨을 내쉬었다. 이 어린 꼬마를 도대체 어떻게 믿고 살아가야 하나, 하는 생각이 언뜻 그녀의 뇌리를 스치고 지나갔다.
'하지만 뭐, 그만큼 순진하다는 뜻이기도 하니까.'
그렇게 생각하던 소홍은 문득 순진하다고 하기에는 너무나도 훌륭한 담호의 양물을 힐끗 보고는 살짝 얼굴을 붉혔다. 그러고는 재빨리 헛기침을 하며 입을 열었다.
"그러니까…… '나와 혼인해 주세요.' 라든가, '평생 당신과 함께 살고 싶소.' 뭐 이런 식으로 말해야 한다는 거야. 그래서 내가 '응, 알았어. 그렇게 할게. 네 신부가 될게.'라고 대답하면 그제야 어른들께 이야기하는 거고. 그게 제대로 된 순서라는 거야."
"아, 미안."
담호는 순진하게 웃었다.

"그런 게 있는지도 몰랐거든. 정말 몰랐어, 누나."

담호의 순박한 미소에 소홍도 어이가 없다는 듯이 피식 웃었다.

순간 담호가 진지한 얼굴로 말했다.

"나와 평생 동안 같이 살자, 누나."

소홍의 뺨이 선홍빛으로 물들었다. 그녀의 눈가가 촉촉하게 젖었다. 소홍은 담호의 그 한없이 진지한 얼굴을 들여다보며 고개를 끄덕였다.

"그래. 나도 너와 평생 같이 살고 싶어."

그녀는 은어처럼 늘씬한 팔을 뻗어 담호의 두툼한 목을 끌어안으며 소곤거렸다.

"그게 내 평생 소원이었거든."

담호는 그녀를 으스러지도록 껴안았다. 그의 아랫도리가 다시 한번 크게 용솟음치기 시작했다.

3. 뭐든지 고이면 썩기 마련이니까

"뭐하고 있었느냐? 여태 안 자고."

대청에 홀로 앉아서 술을 마시던 강만리가 물었다.

이 층에서 막 내려오던 담호는 일순 움찔거리다가 아무것도 아니라는 투로 말했다.

"소홍 누나와 잠깐 이야기하고 있었어요."

평소 거짓말과는 벽을 쌓고 있던 담호는 그렇게 대답하면서도 내심 가슴이 찔렸다. 그럴 수밖에 없는 것이, 오늘만 해도 벌써 두 번째 거짓말이었다.

원래 그런 법이었다.

한 번 거짓말을 하게 되면 그 거짓말을 덮기 위해 또 다른 거짓말이 필요하고, 그렇게 거짓말이 거짓말의 꼬리를 물고 이어지는 법이었다.

"그래?"

강만리는 별다른 생각 없이 대꾸하다가 문득 담호가 자신의 곁을 스쳐 지나가는 순간 저도 모르게 코를 벌름거렸다. 지분(脂粉)을 비롯한 달콤한 여인의 향기가 그의 몸에서 풍긴 것이었다.

강만리가 씨익 웃었다. 유부남씩이나 되어서 그게 무슨 향기인지 모를 리가 없었다.

강만리는 담호의 어깨를 두드렸다.

"이제 진짜 사내자식이 다 되었구나."

담호는 흠칫 놀라며 물었다.

"그게 무슨 말씀입니까?"

"에이, 다 알면서."

강만리는 힐끗 이 층을 올려다보며 물었다.

"소홍은 씻느라 늦나 보지?"

담호의 얼굴이 벌게졌다. 강만리는 다시 그의 어깨를 툭툭 치면서 진지하게 말했다.

"매번 얼굴 벌겋게 달아오르는 그거, 얼른 고쳐야 한다. 네 속내가 얼굴로 고스란히 다 드러나는 건 너만의 문제가 우리 모두를 위험에 빠뜨릴 수가 있으니까."

담호는 고개를 숙였다.

"네, 알고 있습니다."

"그래. 홍안자(紅顔子)라는 별명이 붙기 전에 얼른 뜯어고쳐라."

그렇게 말한 강만리는 이내 고개를 갸웃거리며 재차 입을 열었다.

"아니, 고치기가 정 힘들면 그걸 역이용하는 방법도 생각해 봄 직하다. 가령 네 붉어진 얼굴을 보고 사실과 거짓을 혼동하게끔 만든다거나, 뭐 그런 식으로 말이다."

"네. 생각해 보겠습니다."

"그래. 밤이 늦었으니 얼른 돌아가 자거라. 내일 일찍 출발할 테니까."

"강 숙부도 들어가 쉬세요."

"아, 이 한 병만 마시고."

담호는 슬쩍 탁자를 내려다보았다. 술병은 하나, 안주는 간단한 나물무침, 그리고 술잔은 두 개였다.

"네. 그럼 물러가 보겠습니다."

담호는 고개를 숙여 인사한 후 부리나케 뒷문으로 빠져나갔다. 강만리는 그 뒷모습을 물끄러미 지켜보다가 빙긋 미소를 머금었다.

 '좋을 때다.'

 이팔청춘 젊은 남녀가 사랑하는 것처럼 아름답고 훈훈하며 보기 좋은 일이 또 어디 있을까.

 아쉽게도 강만리는 그 이팔청춘 좋을 때 제대로 된 사랑 한번 해 보지 못했다.

 병든 누이의 수발을 들기 위해, 그녀에게 필요한 약값을 대기 위해 그는 새벽부터 밤까지 일해야만 했다. 물론 그런 와중에도 봄은 찾아와 어찌어찌 사랑도 하게 되었다.

 그러나 결국 자신의 사랑이 그녀의 의도된 기획으로 이뤄졌음을 알게 되었고, 이후 강만리는 철저하게 그녀를 외면하려 했다.

 하지만 세상일이라는 건 참으로 공교로워서 어찌 된 게 아직까지 그녀와 계속해서 마주쳐야 했고, 또 그녀와 얽매여야만 했다.

 지금도 그랬다.

 구석진 복도 안쪽의 문이 열리고 십삼매가 모습을 드러냈다. 술이 오른 그녀의 얼굴은 복사꽃처럼 선홍빛으로 물들어 있었다. 이미 서른 줄에 다다랐지만 여전히 그녀는 아름다웠고, 몸매는 뇌쇄적이었다.

그녀는 부드럽게 웃는 낯으로 다가와 강만리의 맞은편 자리에 앉았다. 탁자에 놓여 있던 두 개의 술잔 중 한 잔의 주인이 바로 그녀였다.

"많이 기다렸죠? 옷을 고치느라 조금 늦었어요."

원래 여인들은 소피를 보러 가서도, 용변을 보러 가서도 그렇게 말하는 법이다.

그녀들은 옷매무새를 고치러 갔다 오겠다느니, 화장을 고치러 다녀오겠다느니 하고 말하면서 잠시 자리를 떴다가 꽤 시원하고 홀가분한 표정으로 되돌아온다.

그녀 또한 그런 식으로 말하면서 술병을 들었다. 찰랑거리는 소리가 병 낮은 곳에서 들려왔다.

"거의 다 마신 모양이네요. 한 병 더 가지고 올까요?"

그녀가 은은하게 물었다. 강만리는 고개를 저었다.

"아니, 이제 자러 가야지."

"벌써요?"

"벌써는 무슨. 아까 별채에서 다섯 말의 술을 마셨는데."

"에이. 그래도 아직 안 취하셨잖아요, 오라버니는."

"아니, 취했다."

"그럼 제가 취할 때까지만 더 마셔요."

십삼매는 제 술잔에 남은 술을 다 따르며 말했다.

"정말이지, 오늘처럼 마음 놓고 취할 수 있는 날이 앞으로 없을 테니까요. 무엇보다 오라버니와 이렇게 단둘이 마시는 것고요."

강만리는 딱딱한 말투로 한마디 하려다가 그녀의 촉촉하게 젖은 눈빛을 보고는 입을 다물었다.

어쨌든 그녀는 강만리의 첫사랑이었다. 그리고 모름지기 사내들이란 제 첫사랑이 자신 앞에서 우는 걸 원치 않고, 강만리 역시 마찬가지였다.

그는 "끄응." 하면서 자리에서 일어나 계산대 뒤쪽으로 걸어갔다. 그는 나란히 진열되어 있는 술병 중에서 최고급의 죽엽청 하나를 꺼내 들고 되돌아왔다.

십삼매는 강만리가 병을 따서 술을 따르는 모습을 가만히 지켜보다가 불쑥 물었다.

"담호였어요?"

"음? 아, 응."

"소홍이랑 같이 있었대요, 여태?"

"아, 응. 대화를 나눴다는군. 백팔원로와 무립십왕과 싸우기 전에 말이지."

"설마 지금까지 대화만 나눴을려고요."

"둘이 알아서 하라고 내버려둬. 어린아이들도 아닌데."

"어리거든요."

"어리기는. 임자는 지금 소홍 나이 때 황계의 총계주였어. 어리기는 뭐가 어리다고. 그렇게 싸고돌기만 하면 소홍은 영원히 어린애로 남게 될 걸세. 자, 마시자고."

강만리는 술잔을 들었다. 십삼매도 술잔을 들어 단숨에 비워 냈다. 강만리가 그녀의 술잔에, 그리고 자신의 술잔에 다시 술을 따랐다.

십삼매가 잠시 침묵하다가 입을 열었다.

"그 나이 때 나는 어땠어요?"

"음? 뭐가?"

"소홍처럼 예쁘고 귀엽고 깜찍했어요?"

"흠. 뭐, 그랬을 수도. 너무 오래전이라 기억이 안 나."

"거짓말."

"무슨 소리야? 나는 거짓말을 할 줄 모르는 사람이라고."

"그것도 거짓말."

"뭐, 믿지 못하겠다면 할 수 없지. 어쨌든 담호와 소홍은 둘이 알아서 하도록 놔두고, 임자는 그 도망친 소야인가 뭐가 하는 놈을 찾아내라고. 언제고 반드시 우리에게 독(毒)이 될 놈이니까."

"이미 수소문 중이에요."

"그래? 그럼 됐고."

강만리는 연거푸 술잔을 비웠다. 어느새 새로 가져온 죽엽청도 바닥이 났다. 강만리는 마지막 술 한 방울까지

탈탈 털어서 술잔에 따른 다음 말했다.

"마지막 잔이네. 아닌 게 아니라 꽤 많이 마셨거든, 나도."

"그 잔 비우고…… 이 층으로 오실래요?"

문득 십삼매가 유혹하듯 소곤거렸다. 강만리는 심장이 덜컥 내려앉는 듯한 기분이었다. 하지만 그는 이내 예의 그 무뚝뚝하고 퉁명스러운 어조로 대꾸했다.

"내일 아침 일찍 움직이려면 그만 자야 해서."

"이 층에서 자도 되잖아요?"

"이것 봐, 십삼매."

놀랍게도 강만리는 그녀를 임자라고 부르지 않았다. 강만리는 전혀 취한 기색 없는 눈으로 십삼매를 똑바로 바라보며 말했다.

"예전에는 내가 십삼매에게 어떤 감정을 품고 있었는지 몰라도 지금은 전혀 아니거든. 지금 내게는 예예뿐이고, 설령 예예를 잃게 되어 혼자가 된다고 하더라도 절대 십삼매와는 이어지지 않아. 그러니까 좋았을 때 감정은 좋았던 대로, 나빴을 때 감정은 나빴던 대로 그대로 물처럼 흘려보내라고. 뭐든지 고이면 썩기 마련이니까."

거기까지 단숨에 말한 강만리는 곧바로 마지막 술잔을 비웠다. 그러고는 자리에서 일어나며 말했다.

"그럼 내일 보자고."

강만리는 자리를 떴다.

홀로 남은 십삼매는 하염없이 자신의 술잔을 내려다보고 있었다. 그녀의 술잔은 비워지지 않았다.

　　　　　　＊　＊　＊

다음 날 아침.

안개비가 부슬부슬 내리는 가운데 십이백야와 오십이황백이 집결했다. 강만리는 그들을 이끌고 성도부를 떠나 희뿌연 안개로 뒤덮인 대읍현을 향해 이동했다.

10장.
최후의 결전(決戰)

대읍현 일대 곳곳을 경비하던 청성 지부 무사들은
황백과 십이백야의 기습을 당해 내지 못한 채 속절없이 목숨을 잃었다.
그들이 펼치던 경계망 한쪽이 완벽하게 무너졌다.
청성 지부 수뇌진과 비선의 실세들이 그 사실을 알게 된 건
그로부터 약 한 시진이 흐른 뒤의 일이었다.

최후의 결전(決戰)

1. 시작해 보죠

황계는 정보 조직이었다.

구성원들이 가지고 오는 정보를 토대로 필요한 이들에게 사고 팔아서 이익을 챙기고 조직을 꾸려 갔다.

황계의 조직원들은 주로 객잔의 점소이, 다관의 차박사, 고관대작의 하인, 시녀, 그리고 첩들, 기루와 주루의 기녀들, 유곽의 창녀들 등으로 사회 전반에서 낮은 위치의 신분을 지닌 자들이었다.

그들은 사람 취급을 받지 못하고 허수아비나 투명 인간 취급당하는, 그래서 외려 더더욱 쉽게 정보를 물고 올 수 있는 이들이기도 했다.

그렇게 모은 정보 중에는 고관대작이나 무림 중진 고수들의 약점이나 비밀도 포함되어 있었다. 당연히 약점을 잡힌 자들에게 있어서 황계는 눈엣가시였고, 살수 등 하수인을 부려 황계를 없애려고 들었다.

황계는 스스로를 보호해야 했다. 애당초 강호 무림에서는 주먹이 전부고, 법은 거의 존재하지 않다시피 하는 곳이었으니까. 주먹과 힘으로 스스로를 지킬 수 없는 조직은 반드시 무너지기 마련이었다.

그래서 황계는 최고급 낭인이나 용병을 끌어들이는 한편, 공적십이마와 구천십지백사백마 등의 고수들을 통해서 전략적으로 고수를 키워 냈다. 그렇게 만들어진 황계 최고의 고수들을 가리켜 황백이라 불렀다.

황백의 무위는 대부분 당경급에 해당했다. 일류 고수의 경지를 뛰어넘어 상승의 경지에 이른 고수들.

황계는 그 황백 중에서도 가장 뛰어난 고수 열두 명을 추려 십이백야라고 칭했다.

십이백야 중에는 놀랍게도 구천십지백사백마 본인들도 몇이나 있었는데, 다른 모든 십이백야 또한 그들과 비견해도 전혀 뒤지지 않는 무위를 지니고 있었다.

그 십이백야가 지금 상당히 긴장한 기색으로 강만리를 주시하고 있었다.

당연한 일이었다. 앞으로 그들이 상대할 자들은 여느

평범한 고수가 아닌, 백팔원로와 무림십왕이었으니까.

"전면전은 반드시 피해야 합니다."

강만리는 긴장의 기색이 역력한 십이백야, 그리고 쉰두 명의 황백을 돌아보며 입을 열었다.

"오늘 당장 결말을 내야 하는 승부가 아님을 명심하십시오. 최소한 열흘, 그 이상 지속되는 지루한 싸움이 될 겁니다. 그리하여 이 지독한 안개가 걷힐 무렵, 그때 비로소 최후의 결전이 벌어질 테니까요."

안개비가 부슬부슬 내리는 가운데, 사방은 온통 희뿌연 연무로 뒤덮여 있었다. 한 치 앞도 보이지 않는 날씨였으나 그들에게는 외려 최상의 기회가 될 수 있었다.

사천 사람들은 안개가 얼마나 짙은지, 날씨가 어떻게 변하는지에 따라서 이 안개가 며칠이나 세상을 뒤덮고 있을지 예상이 가능했다.

그들에게 있어서 누군가 자기 코를 베어 가도 모를 정도의 안개는 일상(日常)이었으니까.

"그러니 최후의 결전이 있을 때까지 우리는 단 한 명도 죽을 수 없습니다. 지금이야 일 대 이 정도로 우리가 수적 열세에 처해 있지만, 열흘 후에는 거꾸로 우리가 수적 우위를 차지할 수 있도록, 그렇게 천천히 저들을 조여 가면 됩니다."

강만리는 세세하게 자신의 계획을 설명했다.

급할 건 없었다. 안개는 어디까지나 강만리의 편이었으니까.

십이백야와 황백들은 최대한 집중하여 강만리의 계획에 귀를 기울였다.

그들은 강만리나 그 일행을 얕잡아 보거나 내려다보지 않았다. 그들 모두 황계의 사람이었고, 세상에서 황계 사람보다 무림오적에 대해 잘 알고 있는 이는 없었으니까.

강만리의 일장연설은 반나절이나 이어졌다. 시간은 흘렀고 안개는 더 짙어졌으며, 어둠은 부담감처럼 짙게 내려앉았다. 안개비는 그칠 생각이 없는 듯 부슬부슬 내리고 있었다.

"그럼 무운을 빕니다."

이윽고 강만리는 그렇게 말을 맺었다. 십이백야와 황백 모두 두 손을 맞잡으며 인사했다. 강만리도 정중하게 두 손을 맞잡았다.

이내 십이백야와 오십이 황백은 안개 속으로 자취를 감췄다.

순간적인 일이었다. 그 많은 인물들이 한순간에 자리에서 사라졌지만 기척 하나 일지 않았다.

"과연 몇이나 살아남을까요?"

진재건이 혼잣말처럼 중얼거렸다. 강만리는 뒤를 돌아보고는 어깨를 으쓱였다.

"한 명도 죽지 않아야지. 그래야 오대가문을 상대할 수 있으니까."

화군악이 자리에 있었더라면 '에이, 말도 안 되는 소리 그만하시고요.'라고 말했을 법했다.

그러나 지금 이 자리에는 화군악도 장예추도 없었다. 그들은 강만리의 밀명을 받아 이미 어젯밤 강만리와 헤어졌다.

지금 이 자리에는 강만리와 담우천, 만해거사와 진재건, 그리고 담호 이렇게 다섯 명만 남아 있었다.

그들이 서 있는 곳은 평소라면 대읍현 전체가 내려다보일 산기슭이었지만, 지금은 온통 밤안개로 뒤덮여 한 치 앞도 내다볼 수가 없었다.

"그럼 나도 시작할까?"

담우천이 지루하다는 표정을 지은 채 입을 열었다. 강만리가 고개를 끄덕였다.

"네, 형님. 언제나처럼 형님께 가장 중요하고 위험한 임무를 맡기게 된 점, 죄송합니다."

"죄송까지야."

"아닙니다. 특히 이번 임무는……."

강만리는 말꼬리를 흐리다가 허리를 숙이며 말했다.

"절대 무리하시면 안 됩니다, 형님."

"나는 지금껏 무리한 적이 한 번도 없었네."

담우천의 입가에 희미한 미소가 걸렸다.

"또 그래서 여태 살아남을 수 있었던 게고."

농담처럼 말을 맺은 담우천은 힐끗 시선을 돌려 담호를 바라보았다. 부친과 눈이 마주친 담호는 화들짝 놀라며 허리를 숙였다.

"조심하십쇼, 아버님."

"너도…… 무리하지 말거라."

여전히 무심하고 냉정한 말투였지만 담호는 그 목소리를 타고 흐르는 한 가닥 따스한 기운과 진심으로 담호를 걱정하는 마음을 느낄 수 있었다.

"네. 절대 무리하지 않겠습니다. 그러니까……."

담호는 허리를 숙인 채 말했다. 강만리가 끼어들었다.

"이미 떠나셨다."

담호는 황급히 고개를 들었다. 부친 담우천은 이미 자리에서 사라지고 보이지 않았다.

문득 씁쓸한 표정이 담호의 얼굴에 내려앉았다가 사라졌다. 머리를 쓰다듬거나 어깨를 두드리는 그 단순한 동작 하나 없었다는 게 이리도 가슴 시릴 줄은 전혀 몰랐다.

그 순간적인 표정을 읽었을까. 아니면 담호의 살짝 늘어진 어깨선으로 짐작한 것일까.

강만리가 한 걸음 다가와 담호의 어깨를 다독이듯 두드리며 입을 열었다.

"네게 기대가 크다, 이번에는."

담호가 눈빛을 반짝였다. 강만리는 진지한 눈빛으로 담호를 바라보며 말했다.

"버드나무길에서 원숭인가 뭔가 하는 원로를 해치웠던 것처럼 이번에도 만해 사부와 진 당주와 힘을 합쳐 저들을 상대하도록 해라."

"네. 최선을 다하겠습니다."

"네 부친의 말대로 절대 무리하지 말고."

"명심하겠습니다."

"싸울 때는 언제나 삼 대 일로 싸워야 한다. 만약 적이 두 사람 이상이라면 절대 싸우려 들지 않아야 한다. 알겠느냐?"

"알겠습니다."

"좋다."

강만리는 물가에 내놓은 아이를 지켜보는 눈빛으로 담호를 바라보다가 고개를 돌려 진재건에게 말했다.

"잘 부탁한다."

진재건은 당연하다는 듯이 대꾸했다.

"명을 받듭니다, 강 장주."

강만리는 하마터면 소리 내어 웃을 뻔했다.

'이 자식이 정말.'

진재건이 평소와는 달리 굳이 강 장주 운운하고, 명 운운한 이유는 분명했다. 자신은 이미 십삼매의 심복이 아닌 화평장 소속의 무사라고 주장하는 것이었다.

진재건은 당돌하면서도 고집 센 사내였다, 확실히.

강만리는 만해거사를 돌아보았다. 만해거사의 표정은 그리 밝지 않았다.

당연한 일이리라.

"옛 동료들과 싸우게 된 점, 죄송스럽게 생각합니다."

강만리의 사과에 만해거사는 손사래를 쳤다.

"그 무슨 말을. 원래 적이 아군이 되고, 동료가 적이 되는 게 세상일이라네."

"그래도 죄송합니다. 제가 말씀드린 계획이 너무나도 염치가 없어서 말입니다."

"허허허."

만해거사는 너털웃음을 흘리며 말했다.

"전쟁을 치르는 와중에 염치나 양심이 어디 있겠는가? 무슨 수를 쓰더라도 반드시 이겨야 하는 게 전쟁인 게야. 그리고 반드시 이기기 위해서는 펼칠 수 있는 계획, 모든 방법을 다 동원해야 하는 게 당연한 게고."

"그리 말씀해 주시니 마음이 한결 가벼워지는군요. 고맙습니다, 만해 사부."

강만리는 진심으로 말했다. 그러고는 다시 눈빛을 반짝이며 말을 이었다.

"그럼 우리도 이제 시작해 보죠."

2. 상상할 수 없는 일

 대읍현 일대는 태극천맹의 청성 지부 무사들이 철통같은 경계를 취하고 있었다. 그 수는 대략 이백, 즉 지부의 모든 무사가 나와 있다고 해도 과언이 아니었다.
 그들은 사천 토박이라고 해도 될 정도로 이곳 지리나 기후에 해박했다. 이렇게 물안개 끼듯 주변 공기가 축축하고, 사위가 희뿌옇게 변해서 앞이 제대로 보이지 않는 날씨 또한 매년 겪는 일이기도 했다.
 그러나 어제부터 시작된 이 안개는 유독 짙었다. 그야말로 코 앞이 제대로 보이지 않을 정도였다.
 이 정도의 안개는 안개 짙고, 자주 끼기로 유명한 사천에서도 십 년에 한 번 있을까 말까 한 안개였다.
 "정말 지독하군그래."
 무사는 희뿌연 안개에 가려 불투명하게 일렁이는 화톳불을 응시하며 투덜거렸다.
 "내, 청성 지부에 배치받은 십 년 이래 처음 보는 안개라니까."
 그러자 다른 동료 무사가 대꾸했다.

"나 어릴 적, 그러니까 일고여덟 살 정도 되었을 때 한 번 이런 안개가 꼈던 것 같아."

"호오. 그런 적이 있었나? 어땠나, 그때는?"

"말도 말게. 짙고 자욱한 안개로 사방이 뒤덮이니까 온 갖 괴이하고 잔인하고 흉악한 범죄들이 발생하더군. 그때 나는 사람이 그 어떤 짐승보다 잔악하다는 사실을 알 게 되었지."

"무슨 일이 있었기에 그리 사람을 혐오하게 된 건데?"

"상상할 수 있는, 그리고 상상조차 하지 못할 만한 범죄들이 모두 벌어졌다니까."

무사는 기억을 떠올리는 것만으로도 목이 마르는지 가죽부대의 물을 한 모금 마신 후 다시 입을 열었다.

"강간, 윤간, 도적질은 물론이고 평소 앙심을 품었던 자들의 뒤통수를 내리치고 심장을 찌르거나, 혹은 갓난아기가 몸에 좋다는 미신을 믿고 훔쳐서 고아 먹은 자들도 있었고…… 평소에는 드러나지 않던 악심(惡心)과 흉심(凶心)이 저 짙고 자욱한 안개 속에서는 고스란히 드러나더라니까."

무사가 말을 끝내며 고개를 휘휘 저을 때였다.

툭! 하고 그의 머리가 떨어졌다.

동료 무사는 갑작스레 들려온 툭! 소리에 깜짝 놀라 무기를 고쳐 쥐었다. 하지만 다음 순간 그의 머리 역시 한없이 날카롭고 흉흉하게 빛나는 칼에 의해 반듯하게 잘려 나갔다.

또 한 번 툭! 하는 소리가 희미하게 들려왔다.

그렇게 두 명의 경비 무사를 해치운 십이백야는 화톳불을 엎어서 그 주위를 비추던 불빛까지 지운 후 천천히 대읍현 안쪽으로 들어섰다.

대읍현 일대 곳곳을 경비하던 청성 지부 무사들은 황백과 십이백야의 기습을 당해 내지 못한 채 속절없이 목숨을 잃었다. 그들이 펼치던 경계망 한쪽이 완벽하게 무너졌다.

청성 지부 수뇌진과 비선의 실세들이 그 사실을 알게 된 건 그로부터 약 한 시진이 흐른 뒤의 일이었다.

* * *

"아악!"

중심부 외곽 거리에서 높은 목소리의 비명이 들려왔다. 동시에 한 객잔의 문이 와락 열리더니 서너 명의 노인이 일시에 소리가 들려온 방향으로 달려 나갔다.

거리를 가득 메운 안개 따위는 그들의 행동을 가로막지 못했다. 그 노인들 정도 되는 경지에 오르면 시야가 전부가 아니었다. 한없이 짙고 자욱한 안개로 시야가 가로막혔다면, 촉각과 후각, 청각이 시각을 대신하여 길을 밝혀주었다.

그들이 순식간에 대로(大路)를 지나 소리가 들려왔던 좁은 길목에 다다랐을 때, 그들의 청각에는 세 방향으로 나눠 도망치는 기척들이 들려왔다.

"내가 이쪽을 맡음세!"

도봉선인(道峯仙人)이 동료들에게 소리치며 허공을 날았다. 그가 안개를 뚫고 날아간 방향은 남쪽, 다른 동료들은 각각 북쪽과 동쪽으로 나뉘어 기척들을 뒤쫓았다.

"내 풍아신(風牙迅)에서 도망칠 수 있다면 도봉선인이라는 별명을 버리마."

도봉선인은 그렇게 중얼거리며 더욱 속도를 높여 내달렸다. 풍아신은 그가 자랑하는 경공술이었다.

'바람 속의 어금니'라는 표현처럼 그 속도가 유난히 빠르고 날카로워서 강남 일대에서는 열 손가락 안에 드는 경공술로 인정받고 있었다.

순식간에 정체불명의 기척과 거리가 좁혀졌다. 내공을 한껏 끌어올려 펼치는 한 번의 도약으로 놈의 뒤를 잡을 정도의 거리. 도봉선인의 눈가에 득의의 빛이 일렁이는 순간이었다.

골목 한쪽에서 느닷없이 검은 그림자가 불쑥 튀어나왔다.

"헉!"

하마터면 그 검은 그림자와 부딪칠 뻔한 도봉선인은 황급히 방향을 틀며 담벼락을 밟고 뛰어오르는 수법으로 검은 그림자를 피할 수 있었다.

"어이쿠!"

그와 부딪칠 뻔했던 검은 그림자에서 늙수그레한 목소리가 흘러나왔다.

도봉선인은 허공에서 한 바퀴 공중제비를 한 후 빠르게 지면에 착지했다. 그는 방금 그 상황으로 인해 상당히 멀리 도망쳐 버린 기척에 혀를 차며 검은 그림자에게 물었다.

"누구시오?"

하마터면 부딪칠 뻔했던 자가 만약 그 기척의 동료라면 당장에 손쓸 준비를 하면서 도봉선인은 안개로 휘감겨 있는 검은 그림자를 노려보았다.

검은 그림자는 침착한 어조로 말했다.

"보아하니 누군가를 뒤쫓고 있었던 것 같은데, 노부가 방해했다면 용서해 주시구려."

도봉선인의 눈빛이 반짝였다.

'으음? 왠지 목소리가……'

어딘지 귀에 익은 목소리였다.

도봉선인 정도 되는 무위를 지닌 자들은 십 년 전 저잣

거리에서 들었던 목소리까지 하나하나 기억하는 가공할 능력을 지니고 있었다.

기억을 더듬던 도봉선인의 눈이 한순간 휘둥그레졌다.

"설마…… 독응의선?"

일순 검은 그림자가 움찔거렸다.

"아니, 어찌 노부를 아시오?"

도봉선인은 감격한 표정을 지으며 검은 그림자에게 다가갔다.

"아! 역시 독응의선이셨구려? 그 묘하게 카랑카랑한 목소리는 확실히 잊을 수가 없는 법이오. 나요, 도봉. 이게 도대체 얼마 만이오?"

"도봉? 도봉선인이란 말이오?"

검은 그림자, 독응의선도 놀란 목소리를 내뱉었다. 도봉선인이 껄껄 웃으며 말했다.

"허허허. 그럼 도봉이라는 별칭을 사용하는 이가 나 말고 또 누가 있겠소? 정말 반갑구려, 조(曺) 형. 도대체 이게 몇 년 만이란 말이오? 십여 년 전 즈음인가, 저 범정산 어딘가에 은거했다는 소문을 듣기는 했소이다만."

"허허. 확실히 범정산에서 한때 휴식을 취한 적이 있더랬소. 그나저나 여기는 무슨 일이오? 도봉산에서 예까지는 한 달 넘게 걸릴 거리인데."

"무림의 악적을 잡기 위해 오래간만에 길을 떠났소.

아, 참! 저기 풍양객잔에 가면 조 형이 알 만한 인물들이 수두룩하게 모여들 있소. 장백노사(長白老死) 천(千) 형, 송백거사(松柏居士), 신안약선(神眼藥仙)도 와 있다오."

"호오, 죽지 못해 살아가는 늙은이들이 다 모여 있었구려. 그래, 도대체 무슨 악적을 잡으러 그 많은 노인네들이 귀찮음을 무릅쓰고 예까지 달려온 것이오?"

"무림오적이라 들어 보셨소, 조 형?"

"무림오적? 공적십이마는 알아도 무림오적은 처음이오."

"허어. 역시 심산유곡에 은거하면 이렇게 된다니까. 무림오적이라고, 요즘 공적십이마보다 더 악독한 자들이 있소. 아! 이야기가 나와서 하는 말인데 엊그제 공적십이마 중 세 마두를 해치웠다오, 우리가 말이오."

도봉선인은 어깨를 으쓱거리며 자랑스럽게 말했다.

여전히 안개는 짙었고, 자욱해서 독응의선의 모습을 제대로 확인할 수는 없었다.

그렇지만 이미 그는 상대를 전혀 의심하지 않았다. 정사대전 이후 처음 만나는 옛 동료에 대한 그리움과 반가움에 가득 차 있었기에 그는 모든 경계심을 풀고 독응의선에게 가까이 다가갔다.

환하게 웃던 도봉선인의 얼굴이 일그러진 건, 유령신마와 혈천노군, 무상검마를 해치운 무용담을 늘어놓으려던 그의 입에서 한 가닥 옅은 신음이 흘러나온 건 바로 그다음에 벌어진 일이었다.

 "으윽."

 그렇게 신음을 흘리면서도 도봉선인은 믿을 수 없다는 듯한 표정을 지었다.

 당연한 일이었다. 그가 알고 있는 독응의선은 사람을 살리는 인물이었지 사람을 죽이는, 그것도 옛 동료를 암습하는 자는 절대 아니었기 때문이었다.

 "미안허이."

 독응의선, 아니 지금은 만해거사라고 불리는 노인은 우울한 목소리로 말했다.

 칼을 찌를 정도로 가까워진 거리, 바람이 한 차례 불면서 안개가 살짝 걷혔다. 순간적이나마 두 사람은 서로의 얼굴을 확인할 수 있었다.

 그때보다 더 늙었지만 확실히 도봉선인이었고, 역시 그때보다 더 늙기는 했지만 확실히 독응의선이었다.

 도봉선인의 얼굴은 일그러진 가운데 의혹의 빛이 일렁거렸으며, 만해거사의 얼굴 또한 일그러진 가운데 미안하고 죄스러운 감정이 가득 넘쳐흐르고 있었다.

 "도대체 왜……."

 도봉선인은 다 꺼져 가는 목소리로 물었다.

 "미안허이."

만해거사는 오직 할 수 있는 말이 그 말밖에 없다는 것처럼 연거푸 미안하다고 하면서 더욱 깊게 도봉선인의 심장을 찔렀다.

최대한 빠르게, 고통을 느끼지 못하게 죽이는 것만이 그나마 옛 동료에게 베풀 수 있는 최선이었으니까.

결국 도봉선인은 눈을 부릅뜬 채 절명했다. 죽어서도 이렇게 될 줄은 상상조차 하지 못했다는 눈빛이었다.

하지만 이렇게 짙고 자욱하게 깔린 안개 속에서는 상상조차 할 수 없는 일들이 종종 벌어지고는 했다. 지금처럼, 옛 동료의 가슴에 칼을 꽂는 일들이.

만해거사는 부들부들 떨리는 손으로 그 부릅뜬 눈을 감겼다. 그러고는 조심스레 한쪽으로 그 시신을 눕혀서, 누군가 행여라도 그를 밟고 지나가지 못하도록 주의했다.

"미안허이."

그렇게 말하며 옛 동료의 얼굴을 내려다보는 만해거사의 눈가가 촉촉하게 젖고 있었다. 물론 그칠 줄 모른 채 부슬부슬 내리는 안개비 때문이었다.

3. 마지막이다, 이게

"죄송합니다."

강만리는 진심으로 죄송한 표정을 지으며 말했다.

"만해 사부라면 저들의 경계나 의심을 사지 않고 가까이 다가갈 수 있을 겁니다. 오래간만에 만난 옛 동료 앞에서 방심할 수밖에 없는 게 사람이고, 그건 무림의 고수나 뒷골목의 불한당이나 모두 매한가지인 법입니다."

"그러니까 지금……."

만해거사는 잔뜩 메마른 목소리로 물었다.

"날더러 옛 동료들을 암살하라는 말인가?"

"죄송합니다, 만해 사부."

강만리는 고개를 숙였다.

만해거사는 말없이 그 정수리를 내려다보았다.

가슴이 무거워졌다. 답답해서 숨조차 쉬기 힘들었다. 그리고 만해거사가 처음으로, 범정산 만해암에서 내려온 걸 후회하는 순간이었다.

-알겠네. 그렇게 하지.

라고 말한 순간부터 이미 지금의 상황을 각오했던 만해거사였다.

하지만 막상 이런 상황이 되고 보니 만해거사는 생각보다 훨씬 더 커다란 감정의 소용돌이 속에 휩싸여만 했다.

도봉선인의 입을 통해 들려온 옛 동료들의 별호는 하나같이 친근하고 그립기 그지없는 것들이었다.

그 별호를 듣는 순간 그들의 얼굴이 떠올랐고, 그들의 목소리가 들려왔다. 그들이 웃고 떠드는 모습, 허심탄회하게 속내를 드러냈던 술자리, 그 모든 기억이 한순간에 주마등처럼 펼쳐졌다.

 앞으로 이 감정을, 이 고통을, 이 참담함을 몇 번이나 더 겪어야 한다니.

 '과연 내가 버틸 수 있을까?'

 만해거사는 입술을 깨물었다. 질끈 깨문 입술이 찢어져 피가 흘렀다.

 '그래. 마지막이다, 이게.'

 만해거사는 결심했다.

 '이번 일을 끝내면……'

 만해거사는 이를 악물었다.

 그때였다. 저 멀리서 두 개의 신형이 빠르게 달려왔다. 담호와 진재건이었다.

 "역시 성공하셨군요!"

 담호는 만해거사의 속내도 모른 채 기뻐하며 말했다. 어느새 표정을 바꾼 만해거사가 싱긋 웃으며 고개를 끄덕였다.

 "당연하지. 이깟 늙은이 하나 해치우지 못할 정도로 늙은 내가 아니라니까."

 "정말 대단합니다, 만해 할아버지."

기뻐하는 담호와 달리 진재건은 불안한 눈빛으로 만해거사를 지켜보고 있었다. 그의 눈에는 지금의 만해거사가 왠지 아슬아슬하게 보였던 까닭이었다.

    * * *

도봉선인이 만해거사의 암습에 목숨을 잃던 바로 그 무렵, 태극천맹 청성 지부의 수뇌진과 비선의 실세들은 대읍현 일대에 펼쳐 두었던 경비망이 뚫린 사실을 알게 되었다.
보고를 받은 천소유는 저도 모르게 자리에서 벌떡 일어나며 소리쳤다.
"암습이라고요?"
심복들이 고개를 조아린 채 말했다.
"그렇습니다. 확실하지만 그 수는 대략 백 명 가까이 된다고 보고 있습니다."
"아무래도 무림오적과 황계의 연합 세력인 것 같습니다."
"살해당한 무사들의 시신을 확인해 본 결과, 단 하나의 방어흔(防禦痕)도 없는 것이 일격에 목숨을 잃은 모양입니다. 즉, 상대는 최소한 노경, 그 이상급의 고수들입니다."
"지금이라도 대읍현 주변 백여 리에 펼쳐진 경비망을

축소하여 풍양객잔 일대로 집결시키는 게 좋을 것 같습니다."

"아무리 백팔원로와 무림십왕이라 할지라도 이 지독한 안개 속에서 싸우는 건 쉽지 않을 겁니다."

심복들의 조언은 하나하나 일리가 있었다. 천소유는 천천히 자리에 앉으며 입술을 깨물었다.

방심했다. 전혀 생각하지 않았다.

백팔원로와 무림십왕이라는 압도적인 위명 앞에서 당연히 겁에 질린 채 사방으로 흩어져 도주하리라고 생각했던 자들이, 외려 안개와 안개비를 이용하여 이렇게 역습을 취하리라고 감히 누가 상상이라도 하겠는가.

확실히 지금 상황은 예상 밖의 일이었다.

너무 무림오적을, 그리고 황계를 얕보고 있었던 건 아닐까.

'아니야.'

천소유는 고개를 휘휘 내저었다.

'오히려 지금이 기회인 거야. 놈들을 일망타진할 수 있는 유일한 기회. 놈들은 그저 섶을 지고 불로 뛰어들었을 뿐이야.'

천소유는 믿었다. 백팔원로의 무위를, 그리고 무림십왕의 위용(威容)을.

천하에 감히 그들을 상대로 싸워 이길 자는 그 누구도

없었다. 게다가 적이 겨우 백여 명의 상대라면 더더욱 그러했다. 일대일로 부딪쳐서 패배할 그들이 절대 아니었으니까.

천소유는 냉정하게 상황을 판단하고 계획을 세웠다. 심복들의 조언을 겸허하게 받아들였다.

또한 청성 지부 수뇌부와 빠르게 연락을 주고받으며 이 상황에 대처하고자 했다.

그녀는 일 처리가 빠르고 발상이 자유로우며 신분의 고하를 따지지 않았다.

확실히 그녀는 비선의 주인다웠다.

그러나 모든 수뇌부가 그녀처럼 책임감 넘치며 영리한 동시에 겸허하지 않았다. 또한 뱃사공이 많으면 많을수록 배는 산으로 가게 되어 있었다.

예를 들자면 태극천맹 청성 지부의 경우가 그러했고, 또 지금 풍양객잔의 상황이 그러했다.

(무림오적 70권에서 계속)

환상이 숨쉬는 공간 파피루스 blog.naver.com/gnpdl7

회사 때려치우고 카페합니다

펩티드 현대판타지 장편소설

야근에 잔업, 죽어라 일만 하던 어느 날
할아버지가 돌아가셨다는 연락을 받았다
하지만 회사의 반응은 싸늘한 업무 지시뿐

"이런 X같은 회사, 내가 나간다."

그렇게 사표를 던지고 내려온 고향
할아버지가 남긴 카페로 장사나 하려는데
이 카페, 뭔가 심상치 않다?

─상태 : 만성 피로, 극도의 스트레스
>김하나의 손재주

"뭔가 이상한 게 보이는데?"

손님의 고민을 해결하고 재능을 물려받자
바쁜 일상 속의 단비 같은 힐링이 시작된다!

환상이 숨쉬는 공간 파피루스 blog.naver.com/gnpdl7

『백면야차는 죽어야 한다』

『바바리안』, 『망향무사』 성상현의 자신작!

『회생무사』

마교 부교주, 백면야차(白面夜叉)의 직속 수하이자
무림맹의 간자로서 활동했던 장평

토사구팽의 위기에서
회귀의 실마리를 잡게 되었지만

"모든 비밀은 마교 안에 있다."

다시 찾은 약관의 나이
진정한 의미의 새로운 삶을 찾아가기 위해서는
백면야차의 죽음만이 필요할 뿐이다.

새로운 시대의 영웅이 될 장평
평온한 삶을 추구하는 한 남자의 복수극이 시작된다!